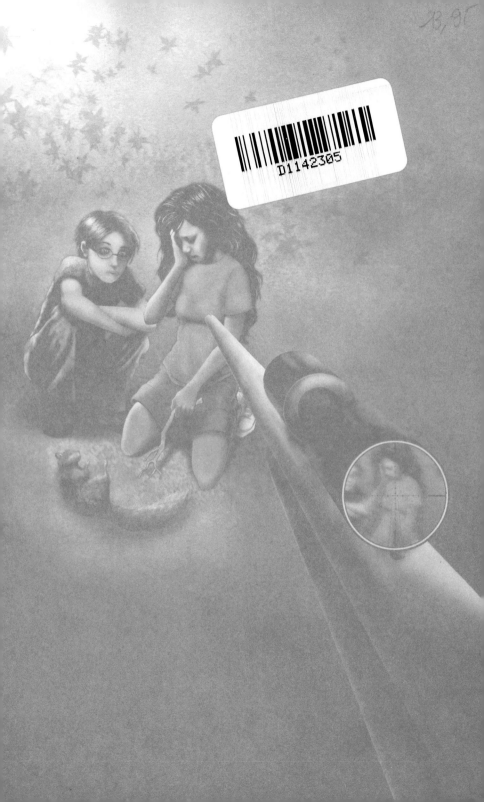

Onder schot

jeugdthriller.nl
jeugdthriller.hyves.nl
www.edwardvandevendel.com

Edward van de Vendel

Onder schot

LEOPOLD / AMSTERDAM

Justin en Leroy, bedankt voor jullie hulp bij dit boek!

Voor het schrijven van dit boek ontving de auteur een werkbeurs van het Fonds voor de Letteren.

Eerste druk 2009
© Tekst: Edward van de Vendel 2009
© Omslagillustratie: Joeri van den Anker 2009
Omslagontwerp: Annemieke Groenhuijzen
© Uitgeverij Leopold bv, Amsterdam / www.leopold.nl
ISBN 978 90 258 5525 3 / NUR 283

Mixed Sources
Productgroep uit goed beheerde bossen
en andere gecontroleerde bronnen.
www.fsc.org   Cert no. CU-COC-803902
© 1996 Forest Stewardship Council

Uitgeverij Leopold drukt haar boeken op papier met het FSC-keurmerk. Zo helpen we waardevolle oerbossen te behouden.

1

Ze waren bijna dertien, ze waren tweelingbroers en ze bevonden zich op verboden gebied.

Niemand had hen door het hek zien gaan, daar achter in de
tuin. Hun tante was naar het dorp, voor boodschappen of zo.
En hun oom werkte in zijn vlinderkas.

Natuurlijk, Jasper en Siem hadden hun ouders beloofd om
braaf naar oom Geert en tante Muriël te luisteren. En oom
Geert en tante Muriël hadden wel honderd keer gezegd dat ze
in het bos in de tuin mochten. Dat dat groot genoeg was. Dat
ze er nooit in konden verdwalen, omdat de paden zo waren
aangelegd dat die altijd weer naar de bijkeuken leidden.
Maar ze hadden ook gezegd dat het hekje achterin dicht-
zat en dicht moest blijven.
En dat was dus niet zo.
Het zát niet dicht.

Voor Jasper hoefde het niet zo nodig. Maar zijn broer Sijmen,
die meestal Siem werd genoemd, trok hem mee. 'Kom nou,'
zei hij, 'ik wil gewoon even weten waar het is, dat hekje...'
Ze waren eraan gaan voelen.
'Het slot is wel stevig,' zei Siem, 'maar verder zit overal
roest.'
Hij tilde het hout een stukje op, en toen braken de scharnieren los.
'Nee, wacht nou even,' zei Jasper, maar Siem stond al aan
de andere kant. En dus had Jasper geen keus: hij moest zijn
broer achterna.

Jasper wist niet zeker of hij zin had in dit avontuur. Achter het hek lag het middenbos. Dat was een wild terrein tussen allerlei tuinen in. Ze wisten niet waar het begon en waar het ophield. Er waren geen duidelijke paden. Niemand hield het bij, waarschijnlijk omdat het niemands eigendom was. Oom Geert had gezegd dat er soms mensen rondliepen. Mensen die in de war waren, of zoiets. 'Hoezo, in de war?' had Siem gevraagd.

'Niks,' zei oom Geert, 'niet belangrijk, blijf gewoon uit de buurt.'

Voor Jasper klonk dat onheilspellend genoeg. 'Siem, laten we teruggaan...' zei hij, maar toen gebeurde het al. Siem struikelde en lag op de grond.

Daar gáán we weer, dacht Jasper, en hij snelde naar voren om zijn broer te helpen. Maar die stak net op dat moment zijn armen uit, en dus struikelde Jasper ook. 'Sukkel!' riep hij. 'Wat dóé je nou?'

'Weet ik veel,' zei Siem. 'Ik ben over iets zachts gevallen. Een dier, volgens mij. Kijk eens even, wat is het?'

Jasper keek. 'Ja. Een dier.'

'Wat voor een?'

Jasper keek nog eens. 'Een eekhoorn,' zei hij. 'Een dooie.'

2

Ze zaten op de bosgrond, met de eekhoorn tussen hen in. Hij lag voorover op het mos, tussen een paar varens. 'Hij is zacht,' zei Siem, die met zijn vingers over de vacht ging, 'maar wel koud.'

'Niet doen,' zei Jasper.

'Waarom niet?' vroeg Siem.

'Niet doen, zeg ik toch,' zei Jasper. 'Er zit bloed op zijn lijf.'

'Ik voel het,' zei Siem. Hij hield zijn hand omhoog. Die zat vol met kleverig bruin spul.

'Getver,' zei Jasper. 'Veeg het even af aan een boom of zo.'

Siem kwam overeind en tastte om zich heen – maar plotseling hield hij zich stil.

'Wat is er?' vroeg Jasper. 'Hoor je iets?'

'Ja,' fluisterde Siem, 'er staat iemand achter ons.'

Jasper draaide zich om. Het zicht in zijn linkeroog was bijna helemaal goed. Driekwart, zei de dokter, maar hijzelf had niet het gevoel dat hij iets miste. Zeker niet als hij zijn bril op had. Hij tuurde tussen de bomen. 'Ach man, er is niemand. Je hebt je vergist.'

'Nee,' zei Siem.

Jasper had er een hekel aan dat Siem de dingen altijd zo zeker wist. Maar voor de zekerheid keek hij toch nog maar een keer om zich heen.

En ja hoor, Siem mocht dan sinds zijn geboorte al blind zijn – hij had wéér gelijk.

Want nu zag Jasper haar. Het meisje.

Ze was donker, ze was ouder, en ze stond naar Siem te staren.

Nee, naar de bosgrond náást Siem.

'Wat ligt daar?' vroeg ze.

'Wie ben jij?' vroeg Siem. Hij hield zijn hoofd schuin zodat zijn oor naar het meisje was gedraaid.

'Linzi,' zei ze.

Haar stem was zacht en dun.

Jasper bekeek haar wat beter. Ze had een rood T-shirt aan. Haar huid was donker en haar haren waren lang en zwart. Mooi was ze, ja, dat zeker. Maar hoe oud zou ze zijn? Veertien, vijftien? En wat deed ze hier? Was ze misschien een van die gekken waar oom Geert het over had gehad? Nee, dacht Jasper, ze ziet er ongevaarlijk uit.

'Ik heet Siem,' zei Siem, 'en hij is Jasper.'

'Wat ligt daar?' vroeg ze nog een keer, iets harder nu.

'O,' zei Siem, 'een dooie eekhoorn.'

Meteen schoot ze naar voren. Ze ging op haar knieën bij het diertje zitten. Haar lange haren hingen bijna op de grond.

'Mannetje,' zei ze, 'mannetje toch...'

Ze pakte takjes. Daarmee draaide ze de eekhoorn op zijn zij.

'Néé,' fluisterde ze, 'néé, néé, néééé!'

Jasper was naast Siem gaan staan, met een hand tegen diens arm zodat Siem voelde waar hij was. Hij boog zich een beetje voorover om de eekhoorn te zien. Die zag er eng uit. Zijn ogen waren geen ogen meer, maar doffe dingetjes, grijs en weggedraaid. En zijn buik lag bijna helemaal open. Er zat een gat in, zwart. Overal hard bloed.

'Wat is er?' vroeg Jasper aan Linzi.

'Ik weet het zeker,' zei ze, en het klonk alsof ze op het punt stond om in huilen uit te barsten, 'hij is vermoord.'

'Vermóórd?' riepen Siem en Jasper tegelijkertijd.

'Ja,' zei Linzi. 'Met een dartpijl.'

Siem begon te giechelen. Dat deed hij altijd als hij zenuw-achtig werd. 'Met een dartpijl? Is Raymond van Barneveld in de buurt?'

'Geen gegooide dartpijl,' zei Linzi, zachtjes en ernstig, 'maar een geschoten. Dat kan niet anders. Ik heb er al meer gevonden vandaag. Hier zal er ook wel ergens eentje liggen.'

'Oké,' zei Siem, 'dan gaan we die zoeken.'

Jasper keek opzij naar zijn broer. Siem hield van plannen. Siem deed overal aan mee. Hijzelf aarzelde nog, maar lang kon hij niet nadenken, want opeens gebeurde er iets geks: een vreemde wind stak op.

De hele dag was het stilstaand zomerweer geweest, en nu blies er plotseling een korte, hijgerige bries. Alsof de wind een mond had, een mond die drie keer in Jaspers oor ademde.

Hh, hh, hh.

3

Jasper hield Linzi vanuit zijn ooghoeken in de gaten. Ze sloeg brandnetels opzij. Ze zocht zelfs tussen de laaghangende takken van een dikke spar. Haar T-shirt kroop een stukje naar boven als ze omhoogreikte, en dan zag Jasper dat haar buik net zo mooi gekleurd was als haar wangen.

Jasper schudde met zijn hoofd. Wat deden ze hier, wat deed hij hier?

Siem voelde nog met zijn handen over de grond, maar Jasper zei: 'We geven het op. Hier ligt echt geen pijltje.'

Eerst zocht Linzi door. Ze mompelde: 'Ik snap het niet, ik snap het niet...' Maar daarna kwam ze naar hen toe en liet de vier pijlen zien die ze al eerder had opgeraapt.

'Mag ik eens?' vroeg Siem.

Ze gaf ze aan hem.

'Hé,' zei hij even later, 'heb je ze schoongemaakt? Ik voel nergens bloed.'

'Nee,' zei Linzi, 'maar dat zegt niks.' Ze klonk nog steeds triest, zo ontzettend triest. 'Het bloed kan eraf gegaan zijn. De eekhoorn kan zich een heel eind voortgesleept hebben, gewond, met de pijl of zonder, en de pijl kan schoongewassen zijn door... door... weet ik veel...'

'Niet door de regen,' zei Siem, 'want het is al een paar dagen droog. En de dauw kan het ook niet zijn, want hoe laat is het? Een uur of vier.'

Hij zei het rustig, hij zei het zoals hij het zei, en dat was logisch, want hij zag niet dat Linzi stil was blijven staan. Alsof ze kramp had, maar dan met gebalde vuisten.

Jasper zag het wel. Stilte voor de storm of zo, dacht hij.

En hij had gelijk, want opeens barstte ze uit. 'Dieren zijn onschuldig!' riep ze. 'En mensen zijn... dictators! Sadistische dictators. Het is slavernij. Als mensen de dieren niet meer willen slaan ze ze dood, of ze schieten ze neer, of...'

Jasper schrok. Hij deed, zonder dat hij het zelf wilde, een stap achteruit. Maar Siem zei: 'Ho, wacht!' Hij hield zijn handen voor zich uit. Misschien wilde hij Linzi's woorden tegenhouden. Misschien wilde hij haar vastpakken. Jasper wist het niet, soms begreep hij niet wat Siem deed.

'Luister,' zei Siem. 'We kunnen toch gewoon logisch nadenken? Hoe lagen die andere pijlen? Ik bedoel: aan welke kant zat de pin en aan welke kant het plastic? Als we dat weten, dan weten we ook uit welke richting ze gekomen zijn.'

Linzi slikte haar toespraak in. 'Goed dan,' zei ze, 'dat is het... we moeten logisch nadenken...'

Ze zei het en draaide zich om en liep weg. Maar na een paar meter kwam ze alweer terug. Was ze in de war? Het leek er wel op. Haar haren hingen niet meer zo mooi langs haar gezicht. Ze keek opeens recht in Jaspers ogen. 'Nee,' zei ze, 'eerst moet ik weten of jullie te vertrouwen zijn. Kunnen jullie een geheim bewaren? Niet iedereen hoeft te weten dat ik hier ben.'

Jasper wilde iets zeggen, maar Siem was hem voor. 'Natuurlijk zijn wij te vertrouwen,' zei hij.

Jasper zag hoe Siem zijn hoofd omhooghield. Dat moest hij van hun moeder altijd doen als hij iets belangrijks te zeggen had. 'Mijn broer hier,' zei Siem, 'is de eerlijkste jongen van Nederland. En ik ben blind, dus ik ben ontzettend slecht in signalementen en zo.'

En toen lachte hij.

Jasper was trots, maar hij schaamde zich ook een beetje: Siem was altijd zo... zo duidelijk...

Linzi trok met haar mond. Eventjes. Daarna bestudeerde ze Siems gezicht. 'Ik dacht het eigenlijk al,' zei ze. 'Heb je ook een hond? Om de weg te vinden en zo?'

'Nee,' zei Siem, 'daar moet je ouder voor zijn.'

'Hoe oud ben je dan?'

'Bijna dertien.'

'Ik ook,' zei Jasper.

'Ja,' zei Linzi, 'tweelingen. Dat had ik al gezien.'

'En jij?' vroeg Jasper. 'Hoe oud ben jij?'

'Niet belangrijk,' zei ze.

'Vijftien?' vroeg Siem.

'Hoe weet je dat?' zei Linzi. 'Kun je dat hóren?'

'Tuurlijk.'

Het leek wel of Linzi daarvan schrok. Ze draaide zich met een ruk om naar Jasper. 'Kun jij wél gewoon zien?'

'Ja hoor. Bijna alles.' Jasper begon bijna te blozen. Stom. Kwam dat omdat hij maar zo weinig met meisjes sprak? Of omdat ze zo mooi was?

'Eh...' zei hij, 'moeten we niet eh...'

'Ja,' zei Linzi, 'maar nog één ding. Zien of horen jullie verder nog iets bijzonders aan mij? Iets ongewoons?'

Ja, dacht Jasper, die prachtige lange haren. Maar dat zei hij niet.

'Nou,' zei Siem, 'je houdt meer van dieren dan van mensen.'

Linzi schoot in de lach, en dat was voor het eerst deze middag. 'Goed dan,' zei ze, 'jullie zijn te vertrouwen. Kom op, we gaan.'

'Mooi,' zei Siem. Hij wilde doorlopen.

Jasper dacht: wacht, wacht! Wie zegt dat zij zelf te vertrouwen is? Dat weten we niet. En het stomme is: ik heb ook geen idee hoe we daarachter moeten komen. Maar Siem trok aan zijn mouw. 'Waar gaan we eigenlijk naartoe?'

Linzi gaf antwoord. 'Naar die zak,' zei ze, 'naar dat valse rotjoch. Naar die misselijke...'

'Huh?' deden Siem en Jasper tegelijkertijd.

'We gaan naar de moordenaar,' gromde Linzi, 'naar Berrie Elleboog.'

4

14 Er veegden hoge planten langs hun benen en soms zwiepte er een tak tegen hun buik. Linzi had Siems hand gepakt. Ze trok hem voort en Jasper haastte zich erachteraan.

Dit gaat te snel, dacht hij, maar pas toen Siem voor zijn ogen over een boomstronk viel, zei hij het ook hardop. 'Zie je nu wel? Jullie gaan te snel. En wat doen we eigenlijk? Wie is die Elleboog?'

'Kom op, Jas,' zei Siem, die niet alleen een expert was in vallen, maar ook in het in één beweging weer opstaan.

Linzi keek om en zei: 'De tuin van Berrie Elleboog grenst aan dit bos. Hij heeft een boomhut, helemaal achterin. Het is zo'n etterjochie. Hij heeft het natuurlijk gedaan. Kan niet anders. Hij zit de hele dag daar boven in die boom, zijn elleboog hangt altijd uit het raam. En het is ook precies in de richting.'

'Zijn elleboog?' vroeg Jasper.

'Ja.'

'Die hangt uit het raam?'

'Uit het raam van zijn boomhut, ja.'

'En zo heet hij dus ook? Elleboog?'

'Ik weet niet hoe hij heet. Ik noem hem zo.'

'Hoe ken je hem dan?'

'Ik ken hem niet. Ik heb hem een keer ontdekt. En daarna zag ik hem vaker.'

Jasper begreep er niks meer van, maar Siem had geen zin meer om te wachten. 'We gaan,' zei hij. 'Kom nou!'

'Ja maar...' begon Jasper.

Precies op dat moment kromp Siem ineen. 'Bukken!' riep

hij. Het was al te laat. In een minideel van een seconde dacht Jasper een zoevend geluid te horen, maar het werd overstemd door een strakke, harde, onthutste gil van Linzi.

Jasper keek haar geschrokken aan. Halverwege haar lange haar hing een dartpijl. Hij was oranje. En hij had zowel Linzi's rechteroor als haar keel op een centimeter na gemist. 15

Jasper wist niet dat zoiets in het echt kon gebeuren. Iemand schoot op Linzi! Er had een gat in haar zachte wangen kunnen zitten, met bloed en pijn. Of in haar oog. Of in een van hún ogen. In die van Siem!

Jasper was eerst plankstijf blijven staan, maar nu wilde hij wel schreeuwen. Nee – hij wilde iemand gaan slaan!

Linzi was hem voor. Ze rukte de pijl uit haar haar en trok Siem, en dus ook Jasper, mee. 'We rennen naar zijn hut,' zei ze, afgemeten. 'Met een omweg. Hier naar links.'

Ja, Berrie Elleboog moest gepakt worden, en afgeranseld. Linzi sloop vastberaden door de varens. De jongens haastten zich erachteraan. Jasper vertelde Siem wat er gebeurd was, en hij begon nu ook te knarsetanden.

Ze kwamen bij schuttingen. Die waren waarschijnlijk van de buren van Berrie Elleboog, maar dat wist Jasper niet zeker, want Linzi zei niets meer. Af en toe stond ze stil. Af en toe liet ze lucht ontsnappen uit haar mond. *Ssssjjj* klonk het dan zachtjes, bijna onhoorbaar.

Jasper volgde haar, zijn ogen lieten haar niet los.

Een eindje verder hield de rij met schuttingen op en begon een wrakkige prikkeldraadafscheiding. Ze hurkten erbij neer.

Linzi boog zich naar Jaspers oor. 'Hier is het,' fluisterde ze, 'die boomhut is een meter of vijftien verder. Het is een nogal grote tuin.'

Jasper gaf het door aan Siem. Die stak zijn vinger op. Luister, betekende dat, luister, ik hoor iets.

'Hij heeft de radio aan,' fluisterde hij. 'Berrie bedoel ik. Heel zacht. Maar hard genoeg om hier te horen.'

Linzi kwam overeind. Ze pakte de bovenste prikkeldraad en trok hem omhoog, zodat er een gat ontstond.

Ze gebaarde naar Jasper. Die tikte tegen Siems kuit. 'Been optillen,' zei hij, 'een halve meter of zo. En dan bukken.'

Terwijl ze heel voorzichtig langs de bomen achter in de ruime tuin slopen dacht Jasper: kunnen we niet beter wegrennen? Wat als er zo meteen op ons geschoten wordt? We brengen onszelf in gevaar! En we kennen Linzi niet eens, ze is raar, ze is raadselachtig en droevig. Of was het juist dat trieste wat maakte dat hij haar wilde helpen?

Maar al die gedachten hielden al snel op. Want toen ze even later aan de voet van de brede, kromgegroeide boom stonden, waar plankjes tegenaan gespijkerd waren die naar een grote, goed verscholen boomhut leidden, werd het grimmig.

Linzi wees omhoog. Ze drukte met twee handen op de schouders van Siem. Wacht hier, betekende dat. Ze legde een vinger op haar lippen, terwijl ze naar Jasper keek. Er klonk inderdaad zachte muziek vanuit de hut.

Ze zette een voet op het eerste plankje.

En toen gebeurde het: de radio viel stil.

Meteen erna hoorden ze een hoge, harde stem. Die was ongetwijfeld van Berrie Elleboog, of hoe hij dan ook heette. 'Stop!' riep hij naar beneden. 'Stóp!'

Jasper keek omhoog, tussen de bladeren.

Hij verstijfde, want hij zag de punt van een boog. Van een aangespannen kruisboog.

Die op Linzi's voorhoofd was gericht.

Linzi zette haar voet weer achteruit op de grond, langzaam, voorzichtig.

Jasper had het koud nu. Hij keek van haar naar de boog, en weer terug.

Maar Siem, die niet wist in welk gevaar ze zich plotseling bevonden, begon te praten. 'Hé,' zei hij, 'ben jij die moordenaar? Die dierenbeul? Zullen we eens even naar je toe komen daarboven?'

'Stop!' schreeuwde Berrie opnieuw, iets harder en iets hoger nu.

'Siem,' fluisterde Linzi, 'hij heeft een wapen. Laten we maar gaan.'

Maar opeens ontdekte Jasper iets. En daardoor stapte hij vóór Linzi. Daardoor begon hij zomaar te klimmen. Het was een gekke, gevaarlijke impuls, maar hij zette zijn voeten op het ene na het andere dwarsplankje. Hij kwam steeds dichter bij Berrie, en bij diens wapen.

'Ik zei toch stop!' gilde Berrie.

'Jasper, wat doe je?' riep Siem van beneden.

Jasper wist dat zelf ook niet precies, maar toch zei hij: 'Ik ben op weg naar boven.'

'Jas...' zei Siem.

'Maak je geen zorgen,' zei Jasper, 'als ik me niet vergis heeft Dinges hier zijn wapen zelf in elkaar geknutseld. Van lego.'

5

Het was waar, Berries kruisboog was van lego. Maar dat maakte hem niet minder gevaarlijk. Het was nog steeds een wapen, en het werkte. Jasper had alleen het geluk dat Berrie zo te zien geen pijltjes meer had.

Jasper stond op het bovenste dwarsplankje en keek naar de trillende vinger van Berrie, die de loze gespannen snaar van de boog dreigend op zijn plek probeerde te houden.

'Eh...' zei Jasper.

Hij begreep niet waar hij de durf vandaan had gehaald om naar Berrie toe te klimmen, maar wat hij vooral niet begreep was hoe het nu verder moest.

Berrie zat tegen de achterwand van de ruime hut. Hij keek donker.

Jasper zei nog een keer 'Eh...'

Berrie liet de boog een klein stukje zakken, maar Jasper vertrouwde het niet. Berries ogen waren niet alleen duister, maar ook scherp. 'Klojo!' gromde hij naar Jasper. 'Wie zegt dat je hier naar binnen mag? Met je... met je bril!'

Jaspers voet zwikte. Hij wilde iets terugzeggen, maar Siem was hem voor.

Van beneden riep hij: 'Hé, wie zegt dat jij mijn broer mag beledigen? Je bent zelf een klojo! Met je... met je elleboog!'

Jasper kon er niks aan doen, hij schoot heel even in de lach. 'Dat is mijn broer,' zei hij tegen Berrie. Maar direct erachteraan fluisterde hij: 'Jij schiet op meisjes. En op eekhoorns.' Het was niet zijn bedoeling om opeens zachtjes te gaan praten, maar zo kwam het eruit. Zwak, eigenlijk.

Berrie reageerde niet. Of ging de boog toch even iets verder omlaag?

Opnieuw zwikte Jaspers voet, en dus trok hij zich op, dat kon niet anders. Hij móést in de boomhutopening gaan zitten.

Berrie spande meteen de kruisboog weer aan, maar Jasper hief nu zijn open handen naar hem op. 'Ik doe niks. Ik heb geen wapens. Oké?'

'Jas, wat gebeurt daar? Ik wil het weten en Linzi ook,' riep Siem.

Opeens veranderde de hele situatie, want Berrie hoorde Linzi's naam, en meteen gooide hij de boog van zich af en kroop naar Jasper. Nee, niet naar Jasper – naar de kleine ruimte náást Jasper. Half tegen hem aan leunend stak Berrie zijn hoofd uit de hutopening, keek naar beneden en zei: 'Zó heet je dus! Linzi!'

Linzi schrok. Maar ze herstelde zich meteen. 'Moordenaar!' riep ze.

'Ik ken jou,' zei Berrie. 'Ik heb je al vaker in het bos gezien. De laatste paar weken. En ik weet ook waar jij woont. Jij woont...'

'Kop dicht!' schreeuwde Linzi.

En toen – ja, wat toen?

Toen draaide ze zich om, duwde Siem opzij en ging ervandoor. Voordat een van de jongens iets kon zeggen was ze verdwenen. Weg, tussen de bomen.

'Nou ja...' zei Berrie.

En Siem mompelde: 'Kan iemand me uitleggen wat er gebeurt?'

'Gek!' zei Siem, die intussen ook naar boven was geklommen en door zijn broer de boomhut binnen geloodst. 'Je had Linzi bijna vermoord! Er zat zowat een gat in haar keel!'

'Nee,' zei Berrie, 'echt niet.'

'Wel!' riepen Jasper en Siem tegelijkertijd. 'En dan die eekhoorn!'

Ze zaten daar, ze vertelden wat er met Linzi was gebeurd en hoe ze de eekhoorn aangetroffen hadden. Berrie verbleekte. Hij kroop weer naar de achterkant van zijn hut. Zijn voet stootte tegen de boog. Die had hij naast zich neergelegd. 'Maar ik hou van eekhoorns! Ik zie ze de hele tijd. Ik heb een verrekijker!' zei hij. 'Weten jullie het zeker? Dood?'

'Hier!' zei Siem, en hij hield zijn hand omhoog waarop nog steeds bloedsporen zaten.

'Nee, nee...' stamelde Berrie, 'ik heb echt niks geraakt. Ik schoot maar wat. En er is bijna nooit iemand in het bos. Alleen dat meisje. Linzi dus.'

Hij zag er opeens verloren uit. En een beetje zielig.

'Echt niet!' zei hij nog een keer. Dat ding komt niet eens zo ver.'

'Over dat ding gesproken,' zei Siem. 'Hou je dat nog steeds op ons gericht, Eikelberrie?'

'Nee man,' zei Berrie.

'O, ik moest het even zeker weten,' zei Siem. 'Want ik zie het niet natuurlijk.'

'O,' zei Berrie. 'Eh... ja.'

Even staarde hij naar Siem. Toen greep hij met ruwe, plotselinge gebaren de kruisboog vast en brak hem doormidden.

Maar net zo plotseling hield hij daar ook weer mee op. 'Wacht eens...' vroeg hij. 'Wie is Berrie?'

Goed. Berrie heette dus geen Berrie. En ook geen Elleboog. Berrie heette Olivier Tekkoë. Hij was dertien en klein. Maar wel nogal stevig, en er groeiden zwarte haartjes tussen zijn neus en zijn mond. Hij hield er een vreemde hobby op na: het nabouwen van wapens. Hij had zich op internet bij een groep aangesloten die werktekeningen uitwisselde voor lego-vallen en lego-bogen. O, en van K'nex kon je ook een geweer maken, semiautomatisch. Maar daar had Olivier de spullen niet voor, en het leek hem ook te gevaarlijk. Hij hield het bij zijn kruisboog. Gisteren had hij eindelijk geschikt spandraad gevonden. En vanochtend had hij zijn dartpijltjes naar het stille middenbos geschoten, zonder te bedenken dat hij ook wel eens iets zou kunnen raken.

Siem en Jasper zaten eigenlijk best lekker, daar boven in de hut. Er lagen kussens, er lagen dekens, en er was een soort raam waardoor Jasper een prachtig uitzicht over het middenbos had. Hij begreep wel dat Berrie, nee, Olivier, daar vaak zat, met zijn elleboog over de rand. En hij kon zich eigenlijk niet voorstellen dat deze jongen eekhoorns probeerde neer te halen.

'Hé,' vroeg hij, 'hoeveel pijlen heb je eigenlijk weggeschoten? Hoeveel zitten er in zo'n setje?'

'Vijf.'

'Welke kleuren?'

'Eh... blauw, groen, rood, geel en oranje.'

'Weet je,' zei Jasper, en hij wendde zich tot Siem. 'Misschien heeft hij het echt niet gedaan.'

Siem dacht even na. 'Ik snap het, nee,' zei hij toen. 'Want Linzi had vier pijlen gevonden en die waren allemaal schoon. Er zat geen bloed aan. En toen die laatste daarstraks in haar haren. Dat is vijf. Dan zou het dus kunnen dat geen enkele van die pijlen een eekhoorn heeft geraakt.'

Hij wiegde even heen en weer, daarna wees hij in Oliviers richting. 'Maar het is nog steeds eikelig dat jij in het wilde weg gaat zitten schieten!'

'Ach wat,' zei Olivier.

'Nu ik er nóg verder over nadenk,' zei Jasper, 'die eekhoorn lag helemaal open. Dat kan toch nooit van een dartpijltje zijn geweest?'

'Waar is hij nu?' vroeg Olivier. 'Die eekhoorn? Jullie hebben hem toch wel begraven? Of meegenomen?'

'O-oh...' zei Siem, 'vergeten.'

'Kom,' zei Olivier. 'Laten we ernaartoe gaan. Ik wil hem zien.'

Ho, wilde Jasper zeggen. Opeens begon hij zich weer zorgen te maken. Moesten ze niet naar huis? Hij had geen idee hoe laat het was, en ze waren nog steeds op verboden terrein. Wat als oom Geert erachter kwam dat ze achter het hek waren geweest?

En hij wilde ook zeggen: moeten we Linzi niet gaan zoeken? Want waarom rende ze weg? En zaten hij en Siem de boel niet een beetje te verraden door nu op pad te gaan met Elleboog-Olivier?

Ja, dat wilde hij allemaal zeggen, maar in plaats daarvan kreeg hij het koud. Waar kwam dat door? Door een bries tegen zijn nek, eventjes maar, hh hh?

Jasper wist het niet precies. In elk geval kwam er plotseling iets heel anders uit zijn mond. 'Hé,' zei hij huiverend, 'weten jullie wat ik opeens zit te denken? Dat de echte dierenmoordenaar nog ergens rondloopt. Nu, op dit moment. Misschien wel vlakbij...'

6

Olivier roetsjte zijn boomtrap af. Hij was niet meer te stoppen. En Jasper wilde dus terug naar huis nu, naar oom Geert,
maar plotseling had hij te maken met twéé jongens met vuur
in hun plannen. 'Tempo nou!' riep Olivier. 'We gaan het bos
in! We betrappen hem!' En Siem duwde en trok ook aan Jaspers mouw, 'Jas, schiet op!'

'Maar dat is toch gevaarlijk?' vroeg Jasper.

'Nee nee,' riep Olivier, 'want hij jaagt op eekhoorns, heus
niet op kinderen.'

Hij was al over het prikkeldraad heen, en nu slopen Jasper
en Siem achter hem aan door het middenbos. Af en toe keek
hij opgewonden om. 'Ik mag hier niet komen van mijn vader,'
fluisterde hij, en zijn ogen glommen.

'Waarom eigenlijk niet?' vroeg Jasper.

Olivier hield stil. Hij draaide zich om. 'Vanwege Huize
Zonneduin,' zei hij. 'Vanwege de gekken. Die dierenbeul is
natuurlijk ook zo'n gek!'

Zie je wel, dacht Jasper, we moeten hier niet zijn. Maar
Siem klapte enthousiast in zijn handen. 'Whooo,' zei hij, 'vertel, vertel!'

Olivier ging er eens goed voor staan. 'Aan de andere kant van
het middenbos,' zei hij, 'ligt het terrein van Zonneduin. Dat is
een herstellingsoord. Daar bergen ze mensen op die overspannen zijn. Zwaar overspannen, weet je wel, tegen het gestoorde
aan. Dat terrein is heel groot, en het is ook bos. Maar aan de
voorkant is een enorme oprit. En die villa staat daar dus, en
die is ook gigantisch. Ik weet niet wat ze daar precies doen,

want ik ben nog nooit binnen geweest. Maar vanuit mijn hut kan ik een heel stuk van dat terrein in de gaten houden. Ik heb dus een verrekijker, hij vergroot tien tot twaalf keer. En dan zie ik ze daar rondlopen. De gekken. Of ze zitten ergens op een bankje, met een dekentje over hun knieën. Er zijn nooit kinderen bij. Nou ja, behalve Linzi.'

'Linzi?'

'Ja, die komt daarvandaan.'

'Is Linzi dan ook overspannen?'

'Geen idee. Ze kan natuurlijk met iemand anders mee zijn, als een soort steun of zo. Misschien iemand uit haar familie. Soms zie ik haar wel eens met een vrouw. Die is ook best jong. Maar meestal zwerft Linzi in haar eentje rond. Overal, door het hele middenbos.'

'Waarom zat je haar eigenlijk te bespieden?' vroeg Siem.

'Eh...' zei Olivier.

'Wat?' vroeg Siem.

'Hij bloost,' zei Jasper tegen Siem.

'Ah, ik snap het,' zei Siem. 'Ze is mooi.'

Nu bloosde Olivier nog meer.

'Eh...' zei Jasper, 'ja...'

Stom – opeens kleurde hij zelf ook.

Ze slopen nog wat verder.

Ze bogen takken opzij, maar het bos leek alleen maar vriendelijk en leeg. Er floten allerlei vogels.

'Ik weet niet precies meer waar het was,' zei Jasper, 'het lijkt allemaal op elkaar.'

Ze stopten af en toe om te luisteren. Ze hoorden niks. Ja, die vogels dus.

'Ik denk echt niet dat er nog iemand rondloopt,' zei Siem. Het klonk bijna teleurgesteld.

Eindelijk vonden ze de eekhoorn. Olivier knielde bij hem neer.

'Echt gestoord,' zei hij. 'Volgens mij is het met een lucht-buks gedaan. Op z'n minst. Maar dat zoek ik nog even uit. Moet je zien, hij is helemaal kapot. Nu kan ik hem niet eens aan mijn vader geven om op te zetten.'

'Doet jouw vader dat dan?' vroeg Jasper. 'Onze oom ook!'

En toen kwamen ze erachter dat Oliviers vader en oom Geert vrienden waren. Biologievrienden, die samen dieren opzetten. Olivier werd er helemaal enthousiast van. 'Weet je wat? We starten een onderzoek! Dan gaan we posten en zo. In mijn hut, bedoel ik. Jullie komen gewoon voorlangs. Dat mag best van jullie oom, wedden?'

'Ja!' zei Siem. 'Een onderzoek! Detectives!'

Jasper knikte maar zo'n beetje.

Oké, misschien was Olivier een jongen die ze nog eens op konden zoeken. Dat met die kruisboog en die wapens bleef een beetje raar, maar nou ja, ook wel spannend. En die boom-hut was gewoon vakwerk. Maar... maar...

'Gaan we hem nou nog begraven of niet?' Siem stampte ongeduldig op de bosgrond.

'Natuurlijk,' zei Olivier.

Met afgebroken stukken schors woelden ze de aarde weg, dat ging gemakkelijk. De grond was rul. Toen het gat diep genoeg was, schoven ze het lijkje erin.

Ze stonden op en klopten hun broeken af.

'Moeten we nu bidden?' vroeg Siem.

'Nee,' zei Jasper. 'Nu moeten we naar huis.'

Net toen Siem en Jasper de tuin weer in kwamen, luidde tante Muriël de bel voor het eten. Ze had niet gemerkt dat de jongens weggeweest waren.

Ze aten spaghetti, en Siem knoeide zoals gewoonlijk zijn bord, zijn shirt en minstens een achtste van de tafel onder.

Maar die avond sliep Jasper niet meteen in. Ze lagen in hun

stapelbed en hij dacht aan het vreemde begin van hun logeer-
weken. Aan de stukgeschoten eekhoorn. Aan Olivier en aan
Linzi.

Hij vroeg: 'Vind je hem niet een beetje... raar?'

'Ja!' zei Siem. 'Die naam! Olivier Tekkoë. Als ik zo heette,
zou ik meteen naar de gemeente gaan om hem te veranderen.'

'Dat bedoel ik niet,' zei Jasper. 'Is hij niet een beetje... zielig
of zo?'

'Zielig? Dat ben jij zelf ook.'

Goed – vanavond viel er met Siem dus niet te praten. Soms
had hij dat.

Even later vroeg Siem hoe de lego-boog er nou precies uit
had gezien. En daarna hoe Linzi er nou precies uit had gezien.

Jasper gaf korte antwoorden, maar algauw zei hij: 'Ik ga nu
slapen. Doei.'

Siem had daar nog geen zin in, en dus trapte hij naar
boven, tegen Jaspers matras.

'Kappen nou,' zei Jasper.

Zo ging het een tijdje door.

Maar toen Siem eindelijk stil geworden was en rustig en rit-
misch ademde, lag Jasper nog steeds wakker. Hij zag de hele
tijd het gezicht van Linzi voor zich. Haar lange haren, haar
gekleurde wangen. Haar neus en voorhoofd, haar ogen vooral.
Donkerbruin waren ze, knikkerig. Ze had een paar keer bijna
gehuild, en ze was ook zomaar weggerend. Zou ze overspannen zijn? Konden kinderen eigenlijk wel overspannen zijn?

Ach wat! Jasper schudde een paar keer met zijn hoofd. Niet
zeuren, zei hij tegen zichzelf. Je moet niet meer aan haar denken, je ziet haar toch nooit meer terug.

Nee, dacht hij, ik zie haar nooit meer terug...

Maar ja, de volgende ochtend deed Jasper zijn ogen open, en meteen moest hij alweer aan haar denken. En tijdens het tandenpoetsen óók.

En dat was misschien helemaal niet zo onlogisch.

Want nog geen uur later, toen Siem Jasper toch weer had meegetrokken naar het wrakkige hek in de achtertuin, stond ze daar weer.

Gewoon. Net als gisteren.

Alleen was ze nu niet geheimzinnig meer, en ook niet droevig – maar compleet overstuur.

7

28 'Het zijn er zes!' huilde Linzi. Er liepen banen van traan over haar gezicht. 'Ik heb ze bij elkaar gelegd. Kijk!'
Ze hield haar open handen voor Jaspers gezicht. 'Is dat bloed?' vroeg hij.
'Ja!' riep ze. 'Jullie moeten me helpen!'
'Zes wát?' vroeg Siem. 'Waar gaat het over?'
Linzi schreeuwde: 'Eekhoorns natuurlijk!' Ze sloeg haar bloedhanden op het hek. Ze rammelde eraan – werd ze gek? 'Die klootzak heeft nu zés eekhoorns afgeknald! Ik heb ze vanochtend gevonden.'

Jasper en Siem gingen meteen met haar mee. Ze aarzelden niet, ze twijfelden niet. Ze wisten dat oom Geert weer naar zijn kas zou gaan. Daar maakte hij een nieuw rek voor de poppen, voor de ingesponnen rupsen die zichzelf in vlinders aan het veranderen waren. Ze hoopten dus dat ze ongemerkt weg konden blijven, maar eigenlijk dachten ze daar nu echt niet aan. Een zesvoudige moord, dat was serieus, dat was het werk van een zieke jager.
Linzi liep voor hen uit. Waarheen? Naar Berrie Elleboog. Want die was volgens haar nog steeds de schuldige.
'Nee luister nou,' zei Jasper, terwijl hij Siem vasthield, 'het moet iemand anders zijn geweest. Hij heet trouwens Olivier. Niet Berrie.'
'Kan mij het schelen,' zei Linzi. Ze maakte een veegbeweging langs haar gezicht. Meteen hingen haar haren in een vreemde knoop. 'Willen jullie ze soms bekijken?' zei ze. 'Geslacht? Kapot aan alle kanten? Ik heb die Berrie al vaker

gezien, daar in zijn hut. Hij heeft een verrekijker, en hij heeft een wapen. Gisteren schoot hij op me, dus nu ga ik...'

Ze maakte haar zin niet af en begon sneller te lopen.

'Kom,' zei Siem, 'zorg dat we haar bijhouden.'

Even later stonden ze weer bij het prikkeldraad voor Oliviers hut. Maar de hut was leeg.

'Waar ben je nou!' schreeuwde Linzi naar het huis, over de diepe achtertuin heen. 'Moordenaar!'

'Linzi,' zei Siem, 'hij heeft ons zelfs geholpen om de eekhoorn te begraven...'

Net toen Linzi daar antwoord op wilde geven, zag Jasper beweging bij de keukendeur. 'Daar komt hij aan,' zei hij.

Olivier droeg een joggingbroek en een slaap-T-shirt. Blijkbaar had hij Linzi's gegil in zijn slaapkamer gehoord en was hij meteen uit bed gesprongen. Nu kwam hij aanrennen, en toen hij er bijna was, zei hij: 'Wat is er?'

Linzi begon te roepen over de nieuwe moorden. Maar al snel bleek dat Olivier er niets mee te maken kon hebben. Hij was nog maar net wakker. Hij had geen andere wapens dan de kruisboog, en die lag boven, in twee stukken. Bovendien: Linzi had zijn pijltjes toch nog?

Dat klopte, ze moest het toegeven.

Jasper keek van de een naar de ander, van Olivier naar Linzi. Ze waren allebei kwaad. Op elkaar, maar meer nog op de moordenaar. En dus gaf Linzi zich langzaam gewonnen, Jasper zag het gebeuren.

Na een tijdje zei Olivier: 'Goed dan. Ik wil ze zien. Want ik haat dierenhaters. En ik had toch al gezegd dat ik zou helpen met zoeken naar de dader? Daar ben ik goed in, echt waar. Dus breng je me erheen?'

Dat laatste vroeg hij rechtstreeks aan Linzi.

Het duurde even, en vriendelijk was ze nog steeds niet,

maar ze draaide zich om, begon te lopen en maakte een kleine beweging met haar hoofd.

Het was geen fijn gezicht, maar Siem wilde per se dat Jasper vertelde wat hij zag. 'Overal bloed, Siem. Bij een paar hangen de pootjes erbij. Er zijn er twee, nee, drie met een geknakte kop. Ze hebben dode ogen, en er hangt spul uit hun buik, je weet wel...'

'Ingewanden,' zei Olivier.

Hij zat gehurkt bij de vermoorde beestjes. Zijn blote tenen staken kaal uit zijn slippers, hij had geen tijd gehad om schoenen aan te doen.

Linzi leunde tegen een boom. Ze perste haar lippen op elkaar.

'Wanneer heb je ze gevonden?' vroeg Olivier.

'Vanochtend,' zei Linzi.

'Vanochtend hoe láát?'

'Eh... het is nu half tien. Ik denk dat ik de eerste om half acht zag, misschien was het kwart voor acht. Toen ben ik verder gaan zoeken, maar ze lagen dicht bij elkaar. Daarna ging ik naar Jasper en Siem.'

'Ik vroeg het...' zei Olivier, '...om te weten wanneer ze ongeveer zijn neergeschoten. Waarschijnlijk heeft de dader een stille tijd opgezocht. Een tijd waarop iedereen slaapt. Hoewel, in het donker zal hij het niet gedaan hebben, want dan kun je niet raak schieten. Dus... 's avonds in de schemering, of juist 's ochtends vroeg. Maar...' Hij voelde even aan een van de lijkjes. '...ze zijn ijskoud. 's Avonds dan dus. Denk ik.'

'Oké,' zei Siem, 'en wat nu?'

'Begraven maar weer,' zei Olivier. 'Net als gisteren.'

Linzi gromde even. Ze kwam los van de boom waartegen ze stond en fluisterde: 'Het wordt dus een massagraf...'

Siem zei: 'Misschien zijn er nog méér?'

Jasper keek naar Linzi. Ze probeerde haar handen schoon te vegen aan haar spijkerbroek. Waarschijnlijk had ze het zelf niet door, ze bleef maar wrijven. 'Ik heb overal gezocht,' zei ze met neergeslagen blik. 'En ik blijf ook zoeken. Dit bos is een hel voor die diertjes... Pijn, angst...'

Het leek erop dat ze weer begon te huilen, maar dat deed ze niet. Ze haalde een van de dartpijltjes uit haar zak, het gele, en plantte die aan het hoofdeinde van de plek waar het graf zou komen. Misschien bedoelde ze het als een soort van kruis, ter nagedachtenis. Ze keek even naar Olivier, maar die vond het best. Blijkbaar hoefde hij zijn pijltjes niet terug.

Ze hurkte naast de lijkjes. Ze aaide een van de dode eekhoorns en tilde hem daarna voorzichtig op. 'Ik zweer dat ik hem pak,' zei ze, 'wie het ook is. En als jullie mee willen doen, doen jullie mee.'

'Zeker weten,' zei Siem.

Eh... eh... dacht Jasper. Natuurlijk had Siem al ja gezegd, en natuurlijk werden deze moorden wel heel verschrikkelijk inmiddels. Hij keek naar Olivier. En toen weer naar Linzi.

Ze begreep het. Ze begreep wat Jasper wilde vragen. 'Oké,' zei Linzi. 'Hij mag ook meedoen, als hij...'

Verder kwam ze niet, want opeens begon Siem te sissen.

'Ssh ssh!' zei hij, 'ik hoor iets!'

Jasper hield ogenblikkelijk op met ademen, en de anderen ook. Het werd kil stil.

Siem draaide zijn hoofd schuin en wachtte, twee seconden, vier, zes.

'Er was iemand,' fluisterde hij toen. 'Hij is weg nu. Maar hij stond vlakbij. Hij stond ons te bekijken. Rennen!'

Dat laatste zei hij hardop. Hij greep Jaspers mouw. Die kwam meteen in beweging, maar Olivier en Linzi waren hem al voor. Ze vlogen tussen de takken en struiken door, terug naar Oliviers boomhut.

Onderaan de boom verdrongen ze elkaar om als eerste boven te zijn. En toen ze dat allemaal waren, en schuivend en wringend hun benen en armen in de hut hadden weten te passen, keek Jasper eindelijk wel naar Linzi.

En hij schrok.

Haar gezicht zat onder het bloed.

8

'Nee, nee!' zei Linzi. 'Dat bloed is niet van mij, het is van de eekhoorn. Die had ik vast toen we gingen rennen, en toen slingerde ik, denk ik, en...'

'Heb je hem híér?' vroeg Siem.

Linzi klapte de onderkant van haar T-shirt omhoog en probeerde daarmee haar gezicht schoon te vegen. Jasper zag haar buik, alweer. 'Nee,' zei ze. 'Ik heb hem onderaan de boom laten vallen.'

Ze draaide zich naar Siem. 'Ik vind het eng,' zei ze. 'Zeg eens wat je precies hoorde?'

'Een man,' zei Siem. 'Gewoon een man. Of een vrouw natuurlijk. Nee, ik denk een man. Er was de hele tijd al iets, maar jullie waren zo aan het kletsen. En opeens waren er, hoe heet dat, voetgeluiden. Geritsel en zo, hij ging weg. Het was geen aardige man.'

Jasper rilde. Hij wist dat het klopte wat Siem vertelde. Dit soort dingen verzon hij niet.

'Dat was waarschijnlijk dus die killer,' zei Olivier. Hij keek er eigenlijk best vrolijk bij. Jasper begreep dat niet. Vond Olivier het leuk? Spannend?

'Maar waar komt hij vandaan? Dat is de vraag. Uit een van de tuinen natuurlijk, dat zou logisch zijn,' ging Olivier verder, 'een van de tuinen om het middenbos heen. Maar behalve mijn eigen huis en dat van jullie oom en tante, grenzen er maar drie andere woningen aan het middenbos. In twee ervan wonen oude mensen, en het derde staat te koop. En dan is het grootste terrein dat overblijft dus dat van Huize Zonneduin.'

Toen hij dat had gezegd keek hij naar Linzi. Die was nog steeds over haar gezicht aan het wrijven.

'Ja nou,' zei ze, al poetsend, 'daar wonen ook alleen maar oude mensen. Dat zijn de vaste patiënten van het herstellingsoord. Een stuk of negen, denk ik. Die zie ik echt niet met geweren en kogels rondlopen.'

'Maar?' vroeg Olivier.

'Maar niks.'

'Jawel, want er zijn nog wat losse huisjes in het bos van Zonneduin. Dat van jou bijvoorbeeld.'

Linzi zuchtte. 'Ja, oké. Ik logeer in De Egel. Met mijn zus. Zo heet dat huisje. En er zijn er nog twee. De Marter en De Houtduif. Die liggen ook op het villaterrein, maar elk in een andere hoek. Ze zijn voor mensen of gezinnen die extra veel rust nodig hebben. En privacy.'

'Zoals jij en je zus?' vroeg Jasper.

'Eh... ja. Er zit een keukentje in en een tv. Maar de mensen uit de huisjes komen niet in het hoofdgebouw. Of nauwelijks. Dus ik weet niet wie ze zijn.'

'Kom jij zelf ook in het hoofdgebouw?' vroeg Olivier.

'Eh... het maakt toch niet uit of ik daar kom?' vroeg Linzi. Ze trok haar benen een beetje op, en haar ogen flitsten onrustig van Olivier naar de tweeling.

'Nee,' zei Olivier, 'nou ja, ik weet niet. Als jij de mensen daarbinnen kent, dan kun je inschatten of het misdadigers zijn of niet.'

'Ik zei toch al dat ik me niet kan voorstellen dat...' Linzi maakte haar zin niet af. Ze zuchtte nog een keer. 'Bovendien zijn het christenen,' zei ze daarna. 'Die doen zoiets niet. Zonneduin is een christelijke instelling. Elke dag wordt er samen gezongen en gebeden. De mevrouw van de villa, mevrouw List, kan heel mooi orgel spelen. Daar word je rustig van. Nou ja, dat snappen jullie niet...'

'Tuurlijk wel,' zei Siem, 'orgelmuziek is mooi. Er zit veel lucht in. Ik hou van lucht.'

Linzi keek hem verbaasd aan. Ze strekte even haar arm uit en raakte zijn mouw aan. 'Ja,' zei ze, 'dat is dus zo. Dat van die lucht.'

'Kunnen we ophouden?' zei Jasper ineens. 'We hebben er niks mee te maken, toch? Ik denk dat we gewoon naar huis moeten nu. Naar oom Geert. We zouden hem helpen in zijn kas. En de beste manier om alles te stoppen is om het aan hem te vertellen, en dan...'

'Nee!' riep Linzi luid.

Jasper hield meteen op met praten.

'Nee!' zei ze nog een keer, en nog steeds klonk het hard. 'Niemand hoeft te weten wie ik ben en waar ik ben. Behalve jullie dan. Sorry.'

Het klonk niet alleen hard, maar ook streng. En om de een of andere reden had Jasper niet verwacht dat Linzi zo kon zijn. Hij probeerde haar aan te kijken, maar ze draaide haar ogen weg.

Even bleef het pijnlijk stil, maar toen zei Siem: 'Jas – dat was een slecht idee. Natuurlijk kunnen we oom Geert niks vertellen. Dan weet hij toch dat we de tuin uit zijn gegaan? En dan belt hij papa en mama in China.'

'China?' vroeg Linzi. Nu was ze weer vriendelijk.

'Daar zijn ze naartoe,' zei Siem. 'Op vakantie. Ze doen hun huwelijksreis voor de tweede keer.'

Jasper was in de war. Hij voelde dat dit geen fijn avontuur was. Dat het slecht af zou kunnen lopen. Maar Siem dacht er blijkbaar anders over.

'Denken jullie dat we hier dan wel veilig zijn, nu?' vroeg hij uiteindelijk. Hij hoorde zelf hoe zwak het klonk.

'Ja hoor,' zei Siem. 'Die gek ging weg, dat zei ik toch? Misschien was hij wel bang voor óns.'

'Momentje!' zei Olivier opeens. Hij schoof het overtrek van een van de kussens af en kroop over Jaspers benen. Hij ragde de trap af, en kwam meteen weer omhoog. Met de dode eekhoorn, liggend op het kussenovertrek.

'Wat doe jij nu weer?' vroeg Jasper.

'Kijk dan,' zei Olivier. 'Ik dacht het daarstraks al.'

Hij liet de kapotte eekhoorn zien.

'Wat?' vroeg Siem.

'Zijn hart,' zei Olivier, 'ze hebben zijn hart eruit gehaald.'

'Ieuw,' zei Siem, en Linzi werd bleek.

Jasper zei niks, maar hij voelde het hard en ijskoud nu: hh hh HH! In zijn nek, op zijn haar, van links naar rechts over zijn voorhoofd. 'We gaan!' riep hij. 'Kom, Siem.' Hij wilde opstaan. Hij sjorde aan Siems armen, hij duwde tegen Siems schouders.

En toen gebeurde het: Linzi begon te huilen.

'Ik wil dat het ophoudt,' snikte ze. 'En vanavond gaat het natuurlijk wéér door. Dan gaan er nog meer dieren dood, en hun harten worden losgesneden... Wij weten ervan en wat doen we? Niks... Praten...'

Dat was te veel voor Jasper. Hij liet zijn benen weer zakken – tegen die van Linzi aan.

'Eh...' zei hij, 'eh...' Verder kwam hij niet.

Olivier zat ook al met grote ogen naar Linzi te kijken.

De enige die iets wist te zeggen was Siem. 'Natuurlijk houdt het op. Daar zorgen wij voor. Met z'n vieren. Wat denkt zo'n gluiperd wel?'

Linzi veegde haar tranen weg. Haar gezicht leek nu op een oorlogsvlag, met uitgelopen roodoranje strepen. 'Dank je wel,' zei ze.

Daarmee was het besloten. Ze zouden het dus nog niet aan oom Geert vertellen.

Sterker nog: Olivier stelde voor dat ze die avond weer samen zouden komen. Om tien uur. Dan konden ze de dader betrappen. 'Ik neem mijn mobiel mee,' zei hij.

'Je hebt hier geen bereik,' zei Linzi aarzelend. 'Het bos ligt in een tussengebied.'

'Weet ik,' zei Olivier, 'maar ik hoef niet te bellen, ik maak foto's. Ik heb drie megapixel. Dan krijgen we dus bewijs en dan kunnen we daarmee naar de politie gaan.'

Linzi's ogen werden groter en blijer, Siem riep 'Ja!' en Jasper wist plotseling niet meer hoe hij nee moest zeggen. Bovendien voelde hij nog steeds Linzi's heup tegen de zijne.

'Oké,' zei hij zuchtend. 'Tien uur. Maar dan gaan we nu naar huis.'

Daar was iedereen het mee eens. Linzi's zus Marla zou ook bijna thuiskomen, en Olivier had, zoals hij zei, 'drie miljoen dingen te doen'.

Ze klommen naar beneden.

Jasper had het gevoel dat hij zich had laten overhalen. Maar toen Olivier het kussenovertrek met de eekhoorn omhooghield, zuchtte hij nog eens. Hij keek naar Linzi en hoorde zichzelf zeggen: 'Nou, geef dan maar hier. Siem en ik begraven ze wel, we komen er toch langs.'

Jasper droeg de schep die Olivier meegegeven had.

Hij begreep niet wat er nu allemaal gebeurd was, en Siem waarschijnlijk ook niet, want ze liepen allebei stil ademend door het bos.

'Zijn we er?' vroeg Siem na een tijdje. 'Volgens mij zijn we er bijna.'

'Ja,' zei Jasper, 'hier was het.'

'Er is niemand,' zei Siem, 'want ik hoor niks.'

Jasper keek rond.

Nee, er was niemand.

Maar toen had Jasper het gevoel dat het hele bos over hem heen viel, want opeens zag hij het: de eekhoorns waren weg.

Er was dus wel iemand gewéést.

De eekhoorns waren door iemand opgepakt en meegenomen, nog voordat ze begraven konden worden.

En het gele dartpijltje?

Dat stond in de boom. Iemand had het daar vastgeprikt. Iemand had er een papier mee opgehangen. En op dat papier las Jasper een bericht in nare, bloedrode vingerstrepen die alleen maar voor hen bestemd konden zijn:

ZE ZIJN VAN MIJ.

BLIJF WEG.

ANDERS...

9

'Wat is er?' vroeg Siem. 'Wat doe je?' 39
'Niks,' zei Jasper. 'Ik schep. Ik leg de eekhoorns in het graf.
En dan gaan we.'
Zijn hart zorgde voor gebonk in zijn hoofd en zijn buik en
zijn benen. Maar hij vertelde Siem niet over het briefje. Hij
liet het hangen waar het hing, en hij probeerde de woorden
zo snel mogelijk te vergeten. Waarom? Omdat ze serieus waren. Een bedreiging. Als hij
ze hardop zei dan waren ze wáár, en nog twee keer zo eng.
Er was dus een gek die dit had opgeschreven. Die hen had
gezien. Die hen misschien wel wat aan wilde doen. Nee, dit
moest hij niet hardop zeggen. Want dan was niet alleen hij
bang, maar Siem ook. Zolang Jasper het voor zichzelf hield,
bleef in elk geval een van hen een beetje vrolijk.
Terwijl Jasper de kuil dichtgooide dacht hij: bovendien
doet die dreigbrief er eigenlijk niet toe, want nu weet ik het
helemaal zeker.
We komen hier echt niet meer terug.

De rest van de middag deed Jasper zijn uiterste best om het
hele middenbos en alle eekhoorns en gestoorde briefjes te
vergeten. Afgelopen was het, klaar, weg ermee.
Een tijd lang hield hij zichzelf op die manier best goed voor
de gek.
Het was heerlijk om weer bij oom Geert te zijn. Hij was
hun lievelingsoom. Toen Siem en Jasper hoorden dat ze twee
weken ergens moesten logeren, wisten ze meteen bij wie.
Oom Geert en tante Muriël waren sinds een half jaar in de

buurt komen wonen. Dat was makkelijk. Ze deden van alles samen: elk jaar bedachten ze een speciale verjaardagsviering – karten bijvoorbeeld, of golfsurfen – en nu hielpen Siem en Jasper hun oom met zijn vlinderkas.

In zijn oude huis had oom Geert er een gehad, maar deze was groter. In het voorjaar was hij aan een nieuwe vlinderpopulatie begonnen. Hij kocht bladeren met eitjes en hij zette lieveheersbeestjes uit om de luizen te bestrijden.

Siem en Jasper hielden van de warmte in de kas en van de dikke, zoete geuren. Deze middag druppelden ze honing in kleine kommetjes – bijvoeding voor de vlinders. Daarna gingen ze met z'n drieën naar een doe-het-zelfzaak, spullen kopen voor een vijvertje. Dan konden de vlinders makkelijker drinken.

En ze luisterden naar oom Geert, die aan een stuk door over de atlasvlinders praatte.

Dat waren bijzondere vlinders, en ze kropen bijna uit hun poppen. 'Dat,' zei oom Geert, 'móéten jullie meemaken. Want weten jullie hoe groot atlasvlinders zijn? Wel dertig centimeter, van links naar rechts gemeten. Dat is even lang als een liniaal! Sommige mensen zijn er bang van, monstervlinders zijn het. Ze leven trouwens maar een paar dagen, dus het is echt bijzonder. En ik heb een paar gigantische poppen. Misschien haal ik wel een record!'

Maar toen ze terug waren bij de kas, en ook de rest van de middag, bleven de atlasvlinders rustig in hun coconnetjes zitten.

'Jammer,' zei oom Geert. 'Misschien vanavond. Of vannacht.'

Ja, even was het alsof er nooit iets in het middenbos was gebeurd. Heerlijk. Maar tegen vieren, toen ze wegliepen uit de kas, was het eerste wat Siem tegen Jasper fluisterde: 'Ik heb voor vanavond de perfecte smoes bedacht.'

Ze gingen nog even goalballen, achter in de tuin. Oom Geert had speciaal voor hen twee lage doeltjes neergezet. Daar konden ze de rinkelende goalbal tegenaan gooien en oefenen voor het nieuwe clubseizoen.

'Die smoes is dus zo perfect,' zei Siem, 'dat we er honderd procent zeker mee wegkomen. Hé, let je wel op?'

'Oké,' zei Jasper. 'Luister. Het is nogal stiekem allemaal. Toch? Kunnen we het niet gewoon... laten zitten?'

Oei.

Siem klapte zijn kaken op elkaar.

Als hij dat deed was er iets mis. Hij ramde de bal naar Jasper, een paar keer achter elkaar, en steeds harder.

'Hou eens op,' zei Jasper.

'Hou zelf op!' riep Siem. 'Hoe kun je dat nou zeggen? We doen het niet voor onszelf, hoor. We doen het voor de eekhoorns. En voor Linzi. Wil je haar gewoon laten stikken dan?'

Jasper wist het niet meer. Moest hij nu vertellen over de brief?

Siem wachtte niet op een antwoord. 'Beleven we eens iets,' bromde hij, 'ga jij lopen zeuren.'

'Naar de politie gaan,' zei Jasper, 'dat is toch ook een avontuur?' Maar hij zei het veel te zachtjes.

En dus kwam Siem met zijn laatste argument. 'Pff... de politie... Jij zit wel de hele tijd naar Linzi te kijken, maar je luístert niet naar haar. Ze zei dat niemand hoefde te weten wie en waar ze was. Behalve wij. Waar of niet?'

Jasper zuchtte. 'Ja, maar moet je horen. Toen we vanochtend...'

Hij vertelde over de brief. Dat kon niet anders.

Terwijl hij de woorden die op het papier stonden hardop zei voelde hij hoe er een koud laagje over zijn lichaam trok.

Hij pakte de goalbal op en liep naar Siem toe. Maar die leek helemaal niet banger dan een paar minuten geleden. Kwader, dat wel. Op Jasper, omdat die het niet eerder had verteld. Op zichzelf, omdat ze de hele middag met honing en vlinders hadden gespeeld in plaats van nóg betere plannen te verzinnen. En vooral op, zoals hij zei, de grootste gestoorde eikel van wie hij ooit had gehoord: de eekhoorndoder. 'Wie weet wat hij met die beestjes doet?' riep Siem. 'Misschien vreet hij ze wel op! O, wat een...'

'Maar snap je nou dat we hier moeten blijven?' vroeg Jasper.

En toen werd Siem pas écht nijdig. 'Luister, Jas. Als je dat nog één keer zegt ben ik je broer dus niet meer.'

'Ja maar...'

'Niks!' schreeuwde Siem. 'Ik wil niks meer horen! Klaar!'

Om half tien die avond zei Siem: 'Tante Muriël, we gaan naar boven. Jasper wil het luisterboek van Harry Potter Zes nog tot het einde horen vanavond, en ik ook. Het is echt spannend en er gaat iemand dood, hebben ze gezegd, maar we weten nog niet wie.'

Dat wist hij heus wel. Ze kenden deel zes al lang, en deel zeven ook – maar Siem noemde met opzet de lievelingsboeken van Tante Muriël, die bibliothecaresse was.

'O,' zei ze, 'ik verklap niks. Het eind van deel zes is het mooiste van de hele serie. Ik kom zo nog even een kus brengen, maar maak het niet te laat, hè?'

'Doe je het wel snel, Tante Muriël?' zei Siem. 'Want anders moeten we straks het verhaal weer stoppen en dat is altijd zo vervelend.'

'Goed, goed,' lachte ze. Jasper moest het toegeven: dit was het slimste deel van het plan. Tante Muriël kende hun eigenaardigheden. Als Siem in een spannend verhaal zat en iemand hem uit zijn concentratie haalde, werd hij chagrijnig. Dat wist ze, en Siem wist dat zij het wist.

Daarna was het nogal gemakkelijk. Ze trokken hun pyjama's aan, ze poetsten hun tanden, ze wasten zich. Tante Muriël kwam nog even boven, zei welterusten en wenste hen voor de tweede keer veel plezier met Harry. Ze deed de deur dicht en liep – Jasper controleerde het – naar haar werkkamer. Oom Geert was naar een vergadering.

Siem en Jasper trokken vervolgens hun gewone kleren weer aan. Ze haalden hun zomerjassen vanonder hun dekbedden tevoorschijn. Ze namen Siems blindenstok en een zaklantaarn mee en slopen de trap af, terwijl de cd-speler met het Potter-luisterboek op hun kamer nog gewoon aan was, met een timer. Om half elf sprong hij uit.

De trap eindigde in de gang, niet ver van de achterdeur. Die piepte niet, en voor iemand het doorhad stonden ze weer aan de rand van het middenbos. Jasper voelde de avondwarmte in de lucht. Het begon al te schemeren.

'Dit is krankzinnig,' fluisterde hij. Hij pakte de schep van Olivier op. Die hadden ze daar die middag laten liggen.

'Toe maar,' zei Siem. 'Ga maar terug naar je bed als je zo schijterig bent.'

'En jou hier zeker achterlaten,' bromde Jasper. 'Jij bent de blinde, ik niet.'

En Siem was een rare, want hij begon te lachen. 'Ja,' zei hij, 'ik ben hier de blinde. Kom, we gaan een misdadiger vangen.'

10

44 In het bos was het stiller dan overdag, maar ook luidruchtiger.

Stiller, omdat het Jasper nu pas opviel dat hij geen auto's hoorde, en geen verre tuingeluiden. Maar lawaaieriger omdat alle struiken leken te scharrelen. Nou ja, dat kwam natuurlijk van bewegende diertjes, onzichtbaar en snel. Hoopte Jasper. Ze hadden voor de boomhut van Olivier afgesproken, dan zouden ze daarna met z'n drieën naar Linzi gaan.

'Ik weet niet waarom ik die stok mee heb genomen,' zei Siem. 'Handboeien, dat was beter geweest. Of een stuk touw.'

Jasper gaf geen antwoord. Hij had het veel te druk met het zoeken van de weg. Hij wilde niet meer langs het eekhoorngraf, en dus nam hij een andere weg.

Maar kwamen ze zo wel bij Olivier? En die gek, was die hier? Ze moesten geruisloos zijn, ze moesten opschieten, ze moesten overeind blijven, ze moesten alles tegelijk.

'Luister je wel of je iemand hoort?' fluisterde Jasper. Hij had het gevoel dat zijn voeten niet vooruit wilden. En dat zijn ogen slechter waren geworden.

'Ja ja,' zei Siem, 'rustig maar. Je lijkt Dokter Bibber wel.'

Jasper zei niks terug. Vanmiddag, met vol licht, was het veel makkelijker geweest. Waarom had hij niet méér onthouden? Omdat hij Siem had moeten sturen. Als hij Siem begeleidde moest hij nadenken voor twee personen.

Jasper deed de zaklantaarn aan, maar die hielp niet, want er was nog veel te veel licht. Ze zouden lantaarns uit moeten vinden die de schemering zouden aanvullen. Dat liep hij te denken, en daarom lette hij niet op.

'Ajaaj…' Ja hoor, daar lag Siem alweer.

'Opstaan,' zei Jasper, 'dit is echt niet handig nou.'

Maar Siem kwam niet overeind – nog niet. 'Jas,' zei hij, 'kijk eens even, volgens mij ben ik over iets raars gestruikeld.'

Jasper zuchtte. Hij schoof zijn bril wat strakker op zijn neus en tuurde naar de bosgrond. Hij verwachtte een boomwortel te vinden, of misschien weer een eekhoorn. Maar wat hij zag waren voeten.

De twee voeten van Siem, natuurlijk. Maar ook nog een vreemde derde.

Eén met een been eraan.

Een mannenbeen.

Een lijk! Jasper en Siem renden met rare steltsprongen door het bos. Ze moesten weg, hiervandaan! Dit was niet leuk meer! Dit was níét leuk meer!

Jasper had hem in een flits tussen de varens gezien. Een oude man, liggend, op zijn zij. Neergeschoten, waarschijnlijk. Zie je wel, die gek was in de buurt en nu vermoordde hij ook mensen, en misschien waren zíj wel aan de beurt!

Zo snel als hij kon had hij Siem overeind getrokken, en meteen erna sloeg er kilte op zijn buik. Siem had het onmiddellijk begrepen. 'Schiet op!' had hij gehijgd. 'Schiet op, schiet op!'

Ze waren omgekeerd, ze wilden terug naar huis, maar opeens bedacht Jasper dat ze éérst Olivier en Linzi moesten waarschuwen. En dus renden ze, hoopten ze, met een soort lus in de richting van Oliviers boomhut.

Siem viel nog een paar keer en Jasper viel ook, en ze stonden steeds gehaaster weer op. Ze schopten planten weg en sloegen om zich heen met de schep en met Siems blindenstok. De zaklamp was uitgegaan, de zaklamp sloeg nergens op, en gelukkig, gelukkig, opeens liepen ze tegen de wachtende Olivier aan.

'Wohoo,' zei Olivier, 'jullie kunnen beter wat stiller...'

'Moord!' riep Jasper, en toen hij zich realiseerde dat het niet verstandig was om al te veel lawaai te maken, fluisterde hij: 'Moord! Er ligt een oude vent in het bos! Dood! Ik heb hem gezien!'

'Wát?' zei Olivier. Hij greep Jasper en Siem bij hun armen. 'Hoe? Waar?'

Jasper hijgde en Siem hijgde. Olivier pakte hun mouwen nog strakker beet. Hij rukte aan de stof. 'Wát?' vroeg hij opnieuw. 'Vertel! Kom op nou!'

'Een lijk,' zei Siem. 'Ik struikelde.'

'Een oude man,' zei Jasper, 'ik zag het ook niet goed. Hij lag op zijn zij. Hij bewoog niet meer. Die eekhoorns waren niks. Een soort aankondiging, denk ik. En daarna die dreigbrief. Maar dit is veel erger. We moeten weg hier, we moeten ontsnappen. Jij ook!'

Nee, dat moesten ze niet. Olivier hield zijn hoofd koel. 'Rustig worden,' riep hij en hij verplaatste zijn handen van hun mouwen naar hun schouders. 'Rustig worden! We zijn veilig! Moordenaars blijven nooit naast hun slachtoffer zitten. Die maken dat ze wegkomen, wat dacht je anders? Was het lijk nog warm?'

Jasper schudde met zijn hoofd. 'Weet ik veel,' zei hij. 'Ik ga toch niet staan voelen.'

Hij begon wel langzamer te ademen nu – Olivier had natuurlijk gelijk, de moordenaar was allang het bos uit. Misschien was de moord sowieso al een tijd geleden gepleegd. Misschien zelfs aan het begin van de avond, toen zij zaten te eten.

'Wacht,' zei Olivier. 'Wat zei je over een dreigbrief?'

Jasper vertelde over het papier met de enge rode letters.

'Oké, oké,' zei Olivier. 'Wat zullen we doen... Hoe laat is het?'

Siem drukte op een knopje van zijn geluidshorloge. *'De tijd is tien uur zeventien. 's Avonds,'* zei het mechanische stemmetje.

'Wow,' zei Olivier, 'handig, zo'n horloge. Maar we hebben dus nog tijd, want we zouden om half elf bij Linzi zijn. Wijs me dat lijk even aan.'

Moest dat? Moesten ze echt terug?

Siem en Jasper liepen achter Olivier aan. 'Dit is belachelijk, Olivier. Laten we naar jouw huis gaan, of naar het onze. We bellen de politie. En het ziekenhuis of zo,' zei Jasper.

'Natuurlijk,' zei Olivier, 'dat kan allemaal straks. Maar we moeten eerst meer informatie hebben. Ik heb wat dingetjes opgezocht. Ik denk dat de eekhoorns inderdaad met een jachtgeweer zijn doodgeschoten, met een .22. Op internet staan Amerikaanse jachtfilmpjes, en die schotwonden zagen er net zo uit. Bovendien is dat een geweer dat je in ons land kunt krijgen. Als die man daar ook mee vermoord is, dan is het dus dezelfde dader. En dat vertellen we dan aan de politie, en...'

Jasper vond het onbegrijpelijk dat Olivier zo koel bleef, ook nu nog. Maar Siem zei: 'Hé – waarom hebben we de schoten niet gehoord? Iedereén had die moeten horen, de huizen staan nou ook weer niet zó ver weg.'

Olivier keek hen even over zijn schouder aan. 'Wel eens van geluiddempers gehoord?'

Door de vertrapte en geknakte planten was het dit keer niet moeilijk om de weg te vinden.

'Waar ligt hij?' vroeg Olivier. 'Is het nog ver?' Hij was nu toch zachter gaan praten.

'Nee,' zei Jasper, 'het is hier vlakbij. Siem, luister even.'

Siem bleef staan. 'Stil,' zei hij.

Jasper en Olivier hielden hun adem in. Ze keken naar Siem. Na een paar seconden stak die zijn duim op. 'Niks,' zei hij, 'niks ongewoons.'

Ze volgden de platgelopen varens nog een stukje verder, en toen kwamen ze bij de moordplek. Jaspers hart begon weer wat wilder te bonzen. Tot aan vandaag had hij nog nooit een dode gezien, en nu zou hij voor de tweede keer vanavond het lijk van een onbekende man bekijken.

Maar zijn hart maakte zich druk om niks.

Want hij zag geen man. En Olivier ook niet.

Het lijk was weg.

'Hier!' riep Jasper. 'Echt! Op deze plek lag hij!'

Olivier boog zich voorover. 'Zou kunnen,' zei hij. 'Alles is plat.'

'Ik weet het zéker!' zei Jasper. 'Hier lag hij.'

'Ja, maar hoe kan dat dan?' vroeg Olivier. Hij leek ook even niet meer te weten wat hij moest doen.

Jasper begon rondjes te lopen, om het stuk met de neergedrukte varens heen. 'Alles is geknakt,' zei hij. Hij begreep er niets meer van.

Opeens begon Siem druk met zijn handen te bewegen. 'Nee!' riep hij. 'Nee! Weet je wat ik denk? De moordenaar heeft hem weggedragen! De moordenaar moest zijn bewijsmateriaal natuurlijk kwijt! Dit moet pas net gebeurd zijn! Hij heeft alles gehoord, die killer. O, dan is hij nog in de buurt! We moeten sjezen, dit is doodeng, ik heb hier even geen zin meer in. Kom Jas, we...'

Hij pakte zijn stok en vouwde hem uit. Hij wilde naar huis, en Jasper wilde het ook.

Maar Olivier hield hen tegen. Hij zag opeens angstig bleek. 'Ho!' hijgde hij. 'Niet weggaan!' Hij stootte zijn woorden hees en dringend uit, de haartjes op Jaspers arm gingen ervan overeind staan. 'Dan moeten we eerst naar Linzi! Die staat op ons te wachten. In haar eentje. Met een moordenaar in de buurt!'

11

'Hierheen, hierheen,' riep Olivier. Ze slopen, half rennend, met hun hoofd naar beneden. Dat ging vanzelf.

Jasper probeerde door het geluid van hun eigen voetstappen heen te luisteren. Het voelde alsof er elk moment een gedempt schot zou kunnen klinken. Hij moest zich inhouden om niet de hele tijd te vragen of Siem iets hoorde. En hij moest zich ook inhouden om niet te gaan gillen.

'Wat ik niet snap,' fluisterde Olivier, 'is wie dat slachtoffer is. Er wonen hier alleen maar oude vrouwtjes. Welke bejaarde loopt nu 's avonds door het middenbos? Hé wacht. Stop. Het bos dat bij Zonneduin hoort begint hier. We zijn er. Waar is ze? O nee, o nee, waar is ze nou?'

Linzi stond niet op de afgesproken plaats.

Was het nog te vroeg? Was Linzi de tijd vergeten? Kon ze niet weg omdat ze door haar zus was gesnapt?

Aan dat soort verklaringen dacht Jasper niet eens. Ze liepen met z'n drieën als gekken heen en weer en zijn gedachten sloegen op hol. Hij zag al voor zich hoe ze haar zouden vinden, dood, vermoord, neergeschoten.

Ze riepen Linzi's naam, niet hard, maar wel doordringend, paniekerig. Ze keken zelfs achter struiken en in een veldje met brandnetels.

'O nee, o nee,' zei Olivier steeds, en hij vroeg wel drie keer achter elkaar aan Siem hoe laat het nou was.

'*De tijd is tien uur negenentwintig. 's Avonds,*' zei Siems horloge.

'*De tijd is tien uur dertig. 's Avonds.*'

'*De tijd is tien uur eenendertig. 's Avonds.*'

En toen kwam ze eraan.

Jasper ontdekte haar het eerst. Ze rende en zo te zien was ze ongedeerd. Haar haren wapperden als donkere vlaggen om haar hoofd en het licht van de zaklantaarn die ze in haar hand had slingerde over het pad. Het was intussen een stuk donkerder geworden.

'Linzi!' riep Jasper. 'Ben je veilig? Heb je de moordenaar gezien? We moeten weg hier. Hoe komen we het snelst naar de straat, we moeten bellen bij ons thuis. Of in de villa, of...'

Siem strekte zijn armen uit, het leek wel of hij aan Linzi's lichaam wilde voelen, om zeker te weten dat ze er was.

'Wát?' vroeg ze. 'Waar heb je het over? Wie wil je bellen? We kunnen nu niet bellen. Sorry dat ik wat later ben, maar ik weet iets. Kom mee, het is megabelangrijk, ik heb wat ontdekt!'

Linzi haakte haar arm achter die van Siem en trok hem mee. Jasper en Olivier renden om hen heen. 'Linzi,' riepen ze, 'er is iemand vermoord, een oude man, en nu...' Maar ze luisterde niet goed. 'Stil nou!' zei ze, hollend. 'Wat ik jullie laat zien verandert alles. En we kunnen er ook schuilen.'

Het bos waar ze nu doorheen kwamen had wél paadjes, en de struiken waren lager dan die in het moordgedeelte. Dit was de uitgestrekte achtertuin van Huize Zonneduin. 'Linzi,' riepen ze nog steeds, 'Linzi!'

Maar opeens stonden ze voor een huisje. Of nee, het was een soort schuur. 'Kijk dan,' zei Linzi.

De deur stond op een kier en binnen brandde een zwak rood licht. Linzi liet Siems arm los en pakte hem in plaats daarvan bij een hand. 'Ga maar,' zei ze tegen Jasper, die het dichtst bij de ingang stond. 'Er is niemand.'

Jasper trok de houten deur voorzichtig open. Die was dun, maar ook stevig – net als de rest van het schuurtje.

Hij moest wennen aan het licht, maar toen hij rondkeek kon hij zijn ogen niet geloven.

Hij somde het hakkelend op voor Siem. 'D-dit is krankzinnig. Overal eekhoorns. Nee. Eekhoornvellen. Ze zijn aan de muur gespijkerd, met de pootjes wijd naar twee kanten, alsof ze gekruisigd zijn. Er zit geen kop meer aan. Er is een rode lamp, maar er staan ook lantaarns. Op een smalle tafel, een soort werkbank. In die lantaarns zitten waxinelichtjes, maar die zijn niet aan. Vóór die lantaarns liggen een paar stukjes bloederig vlees. In een rijtje, heel precies. En er hangt een grote plaat aan de muur. Die is rond, met een rode rand, als een soort verbodsbord. *Rata...* wacht, ik moet het goed lezen, *Ratatoskr* staat er in het midden, wat zou dat betekenen?'

Olivier nam het van hem over. 'Hier,' zei hij, 'een prikbord vol met printjes. Volgens mij zijn het artikelen van internet. Allemaal in het Engels. *Devil Squirrel* staat er boven. Duiveleekhoorn dus. Voor zover ik het begrijp gaat het over het uitroeien van eekhoorns. En kijk hier, patronen. Ja hoor, zei ik het niet? Voor een .22-jachtgeweer.'

Dat was de druppel voor Jasper. Hij stapte achteruit en legde zijn arm om Siems schouder. Hij probeerde hem in één beweging om te draaien. 'Genoeg!' riep hij. 'Wat dóén we hier! Wegwezen!'

'Wacht!' zei Linzi. 'Dit is onze kans. We nemen de kogels mee. We zoeken het geweer en dan nemen we dat ook mee, dan kan die klootzak nooit meer...'

'Begrijp je het dan niet?' schreeuwde Jasper. 'Die vent heeft dat geweer in zijn klauwen! Nu! Ergens hier vlakbij! Hij heeft er net een bejaarde mee overhoopgeschoten en op dit moment is hij het lijk aan het dumpen. Maar zo meteen komt hij terug en dan ziet hij ons en dan...'

Verder kwam hij niet, want de deur sloeg dicht. De deur van de schuur. En er klonken twee harde geluiden. Een schuifgeluid. Dat was de grendel, aan de buitenkant. Daarna iets zwaars wat eraan vastgehaakt werd. Een hangslot. En daarna ook nog geknars – een sleutel die werd omgedraaid.

12

52 Het eerste wat ze deden was door elkaar heen schreeuwen. 'Wat gebeurt er?' riep Siem.

Jasper gilde: 'We zitten vast, we zitten vast!' Hij gooide zichzelf tegen de binnenkant van de deur. Dat hielp niet, het hout was veel te stevig.

Linzi stond met grote ogen voor zich uit te staren, ze zag er eng uit, zo in het rode licht. Maar Olivier stormde langs hen allemaal en probeerde met zijn nagels in de kier van de deurpost te komen. Hij trok en hij trok, maar zijn vingers waren te dik en het gat was te smal. 'Néééé!' schreeuwde hij daarna, met zijn wang op het hout en zijn mond tegen de kier. 'Néé! Laat me eruit! Laat ons eruit! Klootzak! Straks vinden ze ons en dan is het de politie en wij weten alles en...'

Jasper greep Oliviers schouder. Hij trok hem naar achteren. 'Stil! Ze mogen toch niet weten dat wij alles...'

'Ik kan hier niet tegen!' schreeuwde Olivier. 'Ik kan niet tegen kleine ruimtes! Ik heb lucht nodig!' Hij draaide zich weer om naar de deur en naar degene daarachter die hen opgesloten had. 'Klootzak!' bulderde hij. 'Wij zijn kinderen! En er is een meisje bij, en een blinde! Klootzak! Crimineel!'

Weer trok Jasper hem weg. 'Stop!' zei Siem nu ook. 'Dit helpt niet! Als we hem kwaad maken wordt het alleen maar erger!'

'Nóg erger?' grauwde Olivier. Hij griste een pen van de werkbank, en een duimstok. Hij prutste ze in de deurkier en probeerde zo de grendel te lichten. 'Er zit een hangslot op die grendel!' riep hij. Maar hij morrelde en morrelde, af en toe keek hij wild achterom, over zijn schouder.

Het was vreemd, het sloeg nergens op, maar Jasper werd opeens rustig. Rustiger, in elk geval. Hij legde een arm tegen Oliviers rug. Die sjorde nu zijn mobieltje uit zijn broekzak, keek ernaar en riep: 'Ik heb ook geen bereik! Ik kan niemand bellen! Geen bereik!'

Jasper begon in zijn oor te fluisteren. 'Stil maar,' suste hij, 'stil maar. We moeten nu slim zijn. Dat is onze enige kans. Jij bent slim, Olivier. Jij hebt verstand van wapens en dat soort dingen, en...'

Het werkte.

Maar het werkte niet lang – want opeens klonk er een schot.

Het was niet luid, waarschijnlijk was het inderdaad een schot uit een geweer met een demper, maar het was wel scherp, en mechanisch. Ze hoorden het allemaal en ze hielden ook allemaal hun adem in.

'Daar...' fluisterde Siem, 'daar kwam het vandaan...' Hij wees naar de onderkant van de deur. Hij had gelijk. Er zat een gat in.

Ze stoven met z'n vieren achteruit. Ze renden naar de verste hoek, naast de werkbank. Ze sloegen hun armen om elkaar heen, langs en over hun zomerjacks. Hun hoofden waren dicht bij elkaar. Jasper, die in het midden stond, vooraan, voelde Oliviers adem aan de ene kant van zijn hoofd en die van Linzi aan de andere kant. Zelf probeerde hij met een arm achter zijn rug ervoor te zorgen dat Siem werd afgedekt – een reflex was het.

Niemand zei iets.

Ze wachtten af wat er zou gebeuren, een tweede schot misschien? En waar was die eerste kogel naartoe gespat? Van de stenen vloer omhooggeketst en ergens in de muur geslagen? Het leek een wonder dat niemand was geraakt.

Jasper moest opeens plassen. Ja, hij moest heel erg plassen. Hij zou het binnen een paar minuten al niet meer op kunnen houden, en daar maakte hij zich nu net zo veel zorgen over als over doodgeschoten worden.

Maar er kwam geen tweede schot.

Wel klonken er stemmen, net buiten de schuur. Ja, dat klopte: Jasper hoorde twéé stemmen. Voor de houten deur stond dus een dubbele moordenaar!

De stemmen verschilden nogal. Eén wat diepere stem klonk luider dan de andere, die was hoog en druk, maar ook – leek het wel – iets verder weg.

En toen zei Siem iets. Van achter Jaspers rug fluisterde hij: 'Ze hebben ruzie.'

Jasper voelde hoe Olivier en Linzi hun hoofden naar Siem draaiden.

'Kun jij dat dan verstaan?' zei Linzi zachtjes.

'Ja,' zei Siem, 'stil.'

Natuurlijk kan Siem dat verstaan, dacht Jasper. Hij concentreerde zich op zijn broer, die zich op zijn beurt concentreerde op het gesprek tussen de twee killers daarbuiten. Nu hij het wist begon Jasper ook te horen dat die twee onenigheid hadden, maar de losse woorden uit hun zinnen kon hij niet onderscheiden.

'Die ene,' fluisterde Siem, 'degene die geschoten heeft, die krijgt op zijn kop van die andere. Die tweede lijkt me trouwens een oude man. Hij hijgt de hele tijd. En die eerste is jonger, maar wel veel zenuwachtiger. En ook gevaarlijker, denk ik, want die heeft dus het wapen.'

'Waar maken ze ruzie over?' piepte Jasper. Dat piepen kwam van zijn plasgevoel, en niet van angst. Dat wist hij nu, hij voelde het bij zichzelf. Hij bleef dus redelijk koel onder dit soort omstandigheden. Dat had hij eigenlijk niet verwacht. Hoewel – koel? Er moest wel snel iets gebeuren nu!

'Die oude is kwaad op die jonge, omdat hij ons opgesloten heeft. En daarna omdat hij schoot. Hij noemt hem een dom joch met een hete kop. Hij zegt dat hij alles verpest. En zodra hij dat zegt begint die jonge, ja, weet ik veel... te grommen of zo. Het is een raar geluid. Echt eng. Dat doet hij nu ook weer. Stil, stil...'

Ze hielden hun adem weer in, ze wachtten tot Siem meer kon horen.

'Ze krijgen steeds erger ruzie. Die jonge jongen zegt dat hij dacht dat ze dit samen begonnen waren. Hij heeft het over invloeden van de... wát? Van de duivel... Ik snap er niets meer van, ze praten nu alleen nog maar door elkaar, ik weet niet...'

Siem hoefde verder niets te herhalen van de discussie buiten, want opeens hoorden ze dat de sleutel om werd gedraaid. De grendel schoof en de deur ging open. Ze deinsden allemaal nog verder terug, krompen ineen en wachtten tot ze de loop van een geweer zagen, of tot ze net zo'n scherpe, directe knal hoorden als daarstraks.

Nee, die klonk er niet. En het geweer was ook niet te zien. Maar met veel geschreeuw en geworstel werd er iemand naar binnen geduwd.

Voor hen lag opeens een meneer op de grond. Een oudere meneer. Hij kreeg een schop van iemand, van een dunne man in een leren jack. Diens gezicht konden ze niet goed zien, want hij trok zich meteen weer terug in het schemerdonker. En hij deed de deur dicht. Vergrendeld, opnieuw. Op slot, opnieuw. En toen de oude meneer zijn hoofd van de vloer tilde en hen eventjes aankeek, voelde Jasper dat hij niet meer naar de wc hoefde. Weg was de druk op zijn blaas. Van de schrik verdwenen, of zo.

'H-hoe...' stamelde hij, 'w-wat... Dit is... die man. Die dood was. Dit is het lijk uit het bos.'

13

56 De man lag nog steeds op de grond. Hij wreef over zijn been en kreunde. Maar tegelijkertijd schold hij tegen de gek daarbuiten. 'Miro!' riep hij. 'Miro! Dit is waanzin! Dit is een vergissing!' Hij probeerde overeind te komen om aan de deur te rammelen. Hij stompte tegen het hout. Hij vloekte binnensmonds. Zijn gezicht was vertrokken, hij had duidelijk pijn, en hij bleef maar schelden en roepen. 'Miro! Gebruik je hersens! Doe die deur open! Je bent gestoord! Gestoord, hoor je? Miro! Miro?'

Ze stonden nog steeds bij elkaar in hun hoek bij de werkbank. Ze keken naar deze rare, oude man die als in een film de schuur in was gegooid.

Jasper probeerde zijn gedachten op een rijtje te krijgen. Hij wist het zeker, dit was de man uit het bos, de man die ze dood gevonden hadden. Maar hij wás dus helemaal niet dood. Hoe kon dit? Hoe kón dit?

En tegen wie ging hij zo tekeer? Wie was die Miro? De moordenaar, dus. Of nee – géén moordenaar, want de oude man leefde. Maar die Miro had wel een dreigbrief geschreven, hij had een geweer, en deze schuur was ook van hem, misschien. O, waarom waren ze hier in godsnaam naar binnen gestapt?

De man bleef razen. Het lukte hem nu eindelijk om op te staan. Hij sloeg even met zijn vlakke hand tegen de binnenkant van de deur, en dan boog hij zich weer voorover, met zijn handen steunend op zijn bovenbenen, om gierend op adem te komen. Het was een erg oude man, en in het bos liggen had hem duidelijk geen goed gedaan. Was hij bewusteloos geweest? Of schijndood? Daar had Jasper wel eens van gehoord.

De man was kaal, met een kransje dun wit haar aan de onderkant van zijn schedel. Maar die weinige haartjes piekten alle kanten op. Er zat modder en groenigheid op zijn kleren. Over een van zijn wangen liep een felrode schram.

Jasper wilde iets tegen de man zeggen, hem aanspreken, want het was in elk geval duidelijk dat hij geen wapen had en nu ook gevangenzat, net als zijzelf. Maar die momenten van uitrusten duurden steeds maar een paar seconden, dan begon het tieren en schreeuwen weer. 'Miro! Gék! Open de deur. Het is verdomme mijn eigen deur, rat die je bent!'

Opeens fluisterden zowel Linzi als Olivier iets. 'Het is de tuinman!' zei Linzi. 'Nu zie ik het. Hij werkt voor Zonneduin.'

En Olivier zei: 'Meneer Rudger! Zo heet hij. Hij woont in de buurt, een paar straten verder. Dat ik niet eerder aan hem heb gedacht!'

En ook Siem fluisterde iets. 'Wat? Wie is het nou? Leg eens uit.'

Hij gaf rukjes aan Jaspers jas, steeds harder.

'Weet ik veel!' zei Jasper – en dat allemaal door het gebrul van Meneer Rudger heen, die zo langzaamaan schor leek te gaan worden.

'Jawel,' zei Siem, 'leg nou uit!'

'We zijn blijkbaar in de schuur van de tuinman terechtgekomen,' zei Jasper tegen Siem. 'Maar iemand anders heeft hem hier opgesloten.'

'Oké,' zei Siem, 'zijn we veilig?'

'Ik weet niet,' fluisterde Jasper, 'deze oude man lijkt me niet gevaarlijk. Hij schreeuwt alleen.'

'Meneer Rudger!' zei Olivier.

'Meneer Rudger!' riep Linzi nu ook. 'Kent u mij niet? Ik logeer in De Egel. Ik hoor ook bij Huize Zonneduin. U bent toch de tuinman?'

Eindelijk keek de oude man – meneer Rudger – om. Hij was zo druk bezig geweest met woedend zijn en met kreunen dat hij nog niets tegen hen had gezegd. Jasper zag hem nu met half toegeknepen ogen in hun richting turen. Opeens maakte hij een wegwerpgebaar. 'O stik,' zei hij. 'Stik, stik, stik. Hier ben ik te oud voor. Die gek slaat door en ik zit hier met een groep kleuters in mijn schuur.'

'Kleuters?' vroeg Siem.

'Stik, stik,' zei meneer Rudger. Hij draaide zich weer naar de deur. 'Miro!' riep hij. 'Wassenstein! Ben je er nog?'

Hij wachtte op een antwoord. Ze wachtten allemaal op een antwoord.

Meneer Rudger praatte met een vreemd soort r, knauwend, alsof hij vroeger in Amerika had gewoond. 'Miro?' riep hij nog eens.

En nu hoorde Jasper het ook. Het vreemde grommen van de man die buiten stond, de gek, de misdadiger, de eekhoorndoder, degene die Miro werd genoemd.

'Wát?' snauwde meneer Rudger.

Weer gegrom van buiten. Toen een zachte bons, en heel even een glijgeluid, als van een jas tegen hout.

'Hij is gaan zitten,' fluisterde Siem. 'Met zijn rug tegen de deur. En praten wil hij niet. Volgens mij is het een halve debiel.'

Meneer Rudger leunde met een hand tegen de schuurdeur. Hij hield zijn hoofd naar beneden en piepte nog steeds tijdens het ademen.

'Meneer Rudger?' vroeg Linzi. 'Moeten we helpen?'

Ze maakte zich los uit hun groepje en deed voorzichtig een stap naar voren.

'Kop dicht en daar blijven,' baste meneer Rudger half naar de grond, half naar hen. Hij wreef met zijn vrije hand over zijn achterhoofd, door de warrige haren, over zijn nek, naar voren langs zijn hals. Hij trok aan de kraag van zijn overhemd om wat meer lucht te krijgen.

'Meneer Rudger,' zei Linzi. 'Ik ken u. En u kent mij. Ik ben heel vaak buiten. U werkt in het bos. Ik groet u altijd, u groet niet terug, maar u kent me dan toch wel, en nu zitten we samen hier, en...'

'Kop dicht!' riep meneer Rudger nog een keer. Hij keek opzij, hun kant uit. Hij had nu duidelijk moeite met ademhalen. 'Ik hoef niks met jou!' zei hij. 'Ik... ik ken je niet, ook al ken ik je. Hhh. Wat doen jullie hier? Het is verdomme nacht. Dit... hh... hh... is mijn...'

Hij ging zitten. Hij strekte zijn benen en drukte zijn rug tegen de deur. Nu zaten hij en die gevaarlijke, geheimzinnige Miro met hun ruggen tegen elkaar – met alleen nog een stuk hout ertussen. 'Weten jullie wel... hh... hh...'

Door dat hijggeluid, dat zware ademhalen, dacht Jasper weer aan de koude wind die in zijn oren had geblazen, een paar keer. Dat was een ander geluid, het leek niet op ademhalen. Maar toch moest hij er nu aan denken. Misschien was het dus echt een onzichtbare waarschuwing geweest. O, had hij toen maar geluisterd!

Linzi wreef in haar handen. Jasper zag haar aarzelen. Ze zette nog een stap naar voren, en weer stak meneer Rudger afwerend zijn hand op. 'Weg! Ik wil niks... met jullie... te maken hebben...'

Maar nu was het Olivier die reageerde. 'Meneer Rudger, ik ken u ook wel. Ik ben Olivier Tekkoë. Mijn vader is Emiel Tekkoë, die kent u ook. Van de Waalweg, nummer zestien. U woont toch vlakbij, ergens bij de Regentesselaan?'

'Je hebt geen idee!' riep meneer Rudger nu opeens. 'Ik zit hier anders dan jullie. Kijk om je heen! Dit is geen schuur. Dit is een altaarplaats. Miro, die geflipte gek daarbuiten...'

Meneer Rudger probeerde even achterwaarts tegen de deur te

bonken, maar doordat hij zo oud en moe was lukte dat maar half. '...die gek is van het GTS. En ik... nou ja...'

'GTS?' vroeg Siem. *'Goede Tijden Slechte Tijden?'*

'Hhh... hh... hh...' Meneer Rudger hijgde opeens twee keer zo heftig. Hij greep nog eens naar zijn boord. Hij probeerde zijn dunne bodywarmer uit te doen. 'Hhh...' deed hij, en toen perste hij drie woorden tussen zijn lippen door naar buiten: 'Getij... Tegen... Satan...'

Daarna zakte hij in elkaar.

60

14

Dood? Was hij dood? Alsnog bezweken? Zaten ze hier nu met een lijk?

Jasper wist het zeker: dit was erger en enger dan alles wat ze tot nu toe hadden meegemaakt. Linzi haastte zich naar de oude man. 'Meneer Rudger!' riep ze. 'Meneer Rudger!'

Meneer Rudgers hoofd was eerst opzij gezakt en daarna was zijn hele lichaam gaan hellen. Linzi kon hem nog net opvangen voor zijn wang de stenen vloer van het schuurtje raakte. Ze reikte naar een vaal kussentje dat op een kruk bij de werkbank lag en schoof dat onder het rechteroor van de man. Die lag inmiddels helemaal op zijn zij.

Olivier stond in twee stappen naast hem, en naast Linzi. Jasper leidde Siem ook dichterbij. 'Wat is er, wat is er?' vroeg Siem.

Olivier probeerde de pols van meneer Rudger te voelen. 'Hij is omgevallen,' zei Olivier. 'Ik zoek zijn hartslag.' Hij zei het zachtjes, want buiten zat nog steeds die Miro – de aanstichter van dit alles. Olivier schoof de schakeltjesband van meneer Rudgers polshorloge naar zijn diens vingers. 'Hè,' zei hij, 'ik weet niet precies waar ik moet drukken. Die pols is veel te dik. Ademt hij? Linz – ademt hij? Hebben we ergens een spiegeltje?'

'Een spiegeltje?' vroeg Linzi. Ze probeerde de bovenste knoopjes van het overhemd van meneer Rudger los te maken. Jasper zag het en dacht: als hij dood is, zit ze nu aan een lijk te frunniken.

'Ja,' zei Olivier, 'om te zien of het beslaat als we het voor zijn mond houden.'

'Je mobiel!' zei Jasper. 'Probeer het met het schermpje.'

'O ja,' zei Olivier. Hij wrikte de telefoon uit zijn broekzak en hield hem voor de lippen van meneer Rudger. Dat zag er gek uit, alsof ze verwachtten dat de oude man 'hallo, hallo' zou gaan roepen. Maar het bleek een goed idee. 'Er komt damp op!' fluisterde Olivier. 'Hij leeft nog.'

'Hij is dus flauwgevallen,' zei Linzi. 'Dat kan niet anders. We moeten hem zo laten liggen, op zijn zij, dan kan zijn tong niet in zijn keelgat zakken. En volgens mij moet er één arm naar achteren, zo, en die arm hier. Ik heb een paar EHBO-lessen gehad.'

'Moeten we hem niet wakker proberen te krijgen?' vroeg Jasper.

'Ik weet het niet,' zei Linzi.

Olivier begon zachte klapjes op de wangen van meneer Rudger te geven. 'Meneer Rudger! Hé! Hé!'

Het maakte weinig uit. Meneer Rudgers ogen waren dicht en zijn hersens leken uitgeschakeld. Maar dood – nee, dat was hij dus niet.

'Hij komt vanzelf weer bij,' zei Jasper. Hij wist het opeens zeker. 'Want dit is natuurlijk ook in het bos gebeurd! Toen wij hem vonden was hij denk ik op dezelfde manier flauwgevallen. En toen wij teruggingen om het lijk te bekijken was hij dus wakker geworden, en opgestaan.'

Olivier zei: 'Ja, of die Miro heeft hem gevonden. Er waren toch sleepsporen?'

'Hoe dan ook, volgens mij komt hij zo meteen vanzelf weer bij. Misschien moeten we iets over hem heen leggen, zodat hij het niet koud krijgt.'

Dat deden ze. Olivier trok zijn jas uit, en Jasper ook. Bovendien staken ze een paar van de waxinelichtjes in de lantaarns aan, er lagen lucifers op de werkbank. Ze zetten ze om meneer Rudger heen, dat zou vast wat extra warmte geven – en zo konden ze alles ook wat beter zien.

Intussen was Siem met één arm om zich heen aan het voelen. Jasper zag het te laat. Siem stond al bij de deur. Hij begon met zijn blindenstok tegen het hout te slaan. 'Hé jij daar! Dinges! Er is een slachtoffer hier! Die oude man is omgevallen. Hou eens op met lullig doen. Doe open! Hé! Dinges!'

Hij brulde het bijna.

'Siem!' zei Jasper. Hij legde zijn handen op Siems rug en op zijn schouder. Hij probeerde de zwiepende stok te pakken te krijgen.

Het lukte niet. Siem sloeg gewoon door.

Totdat Miro er een eind aan maakte. Voor de tweede keer die avond klonk er een schot. Het was net zo onverwacht en angstaanjagend als het eerste. Ze krompen allemaal ineen en keken tegelijkertijd omhoog.

Nu zat er ook een gat in de bovenkant van de deur.

15

64 Pas na een hele tijd durfden ze weer te fluisteren. Ze waren opnieuw naar de verst gelegen hoek gevlucht. Maar nu zaten ze op de grond – want zo snel zouden ze hier dus niet wegkomen.

Siem zat voor Linzi. Zonder iets te zeggen had ze haar armen om hem heen gelegd. Olivier en Jasper waren van twee kanten tegen haar aan geschoven. Ze keken uit op de waxinevlammetjes en het roerloze lichaam van meneer Rudger. Nou ja, roerloos. Ze zagen nu wel dat zijn borst op en neer ging. Langzaam, met flinke tussenpozen.

Siem was de eerste die iets zei. 'Oké,' ademde hij, nauwelijks hoorbaar. 'Dat was niet zo slim. Daarbuiten zit dus echt iemand die overspannen is.'

Als de situatie niet zo ernstig was had Jasper geroepen dat het inderdaad nogal stom van zijn broer was geweest – maar nu zei hij niets. En Linzi trok Siem nog wat dichter tegen zich aan. Siem voelde even aan haar handen, alsof hij er zeker van wilde zijn dat het wel echt die van Linzi waren.

Jasper keek ernaar – en daarvandaan keek hij naar de rest van de schuur. De lantaarns en het rode licht waren niet helder genoeg om in alle hoeken te schijnen. Maar wat had meneer Rudger gezegd? 'Dit is geen schuur, dit is een altaarplaats.' Wat betekende dat?

Jasper fluisterde: 'Weten jullie wat een altaar is?'

'Iets met geloven,' zei Olivier.

'Natuurlijk,' zei Linzi. Ze sprak gedempt. 'Je bouwt een altaar voor een god. Je richt het op, zo heet dat. In de Bijbel staan verhalen over afgoden. De mensen slachtten dan een bokje, of een ander dier. En dat verbrandden ze. Als offer voor de nepgod. Om hem te dienen dus.'

Meteen keken ze alle vier naar de eekhoornvellen aan de muur.

'Ik wil die printjes lezen,' fluisterde Olivier. 'Ik moet wat doen, anders ga ik flippen. Snappen jullie dan niet dat we gegijzeld zijn? De politie zou nu voor de deur moeten staan, met walkietalkies en een megafoon! En sluipschutters, verborgen in het bos. Na een paar uur onderhandelen zouden we vrij moeten komen. Maar niemand weet dat we hier zijn! We zitten hartstikke vast. Met een gestoorde gek voor de deur en een zieke oude man hierbinnen. En ik zie geen raampje om te ontsnappen. Zien jullie een raampje? Ik zie geen raampje. Ik ga die papieren lezen, dat is het enige wat ik kan doen. Anders draai ik door.'

Hij stond op, heel voorzichtig, om zo weinig mogelijk geluid te maken. Jasper, Siem en Linzi keken hem na. Toen hij twee stappen had gedaan klonk er een bonk van buiten de deur. Olivier verstarde, maar het geluid kreeg geen vervolg. Misschien had Miro de Waanzinnige per ongeluk tegen het hout gestoten. Hij was waarschijnlijk weer gaan zitten.

Olivier liep verder. Hij leunde tegen de werkbank en bestudeerde de papieren die erboven hingen. Het duurde lang.

Jasper voelde hoe zijn aandrang om te plassen weer terug aan het komen was. Hij stond nog niet op knappen, maar dit was echt niet fijn. Olivier had gelijk. Ze waren gegijzeld. En met z'n vieren ontsnappen? Hoe moest dat in godsnaam? Had Siem maar naar hem geluisterd. Waren ze maar in bed gebleven. Lagen ze nu maar naar Harry Potter te luisteren. Een onzichtbaarheidsmantel, die zou van pas komen. Of een toverstaf, dat was ook goed, want het enige wat daarbij in de buurt kwam – Siems blindenstok – kon daar toch moeilijk voor doorgaan.

Nadenken, dacht Jasper, ik moet nadenken.

Hij schoof nog wat dichter naar Linzi. Het is belachelijk, dacht hij, ik zit hier tegen een meisje aan en misschien zit ik dat over drie dagen nog, en dan zijn oom Geert en tante Muriël al lang in paniek, en papa en mama zijn dan misschien teruggekomen uit China. Op dat punt van zijn gedachten moest hij opeens bijna janken.

Maar gelukkig begon Siem nu te fluisteren. 'Olivier, zoek even op of daar iets staat over die GTS.'

Ja, dacht Jasper, dáár moet ik aan denken. Aan waarom we hier zitten. En hoe we hier wegkomen. Wie is die Miro? Wat heeft meneer Rudger nou precies met hem te maken? En wat is die GTS? Dat Getij Tegen Satan?

Hermelien, dacht Jasper, ik moet een beetje meer als Hermelien denken. En ook als Harry zelf. Die twee zouden wel weten waarin ze terechtgekomen waren.

Maar die hadden ook helpers, dacht hij daarna weer, bondgenoten van buitenaf. En wij hebben niemand.

Niet zo denken, dacht hij, anders ga je echt zitten huilen. Nee, niet zo denken!

'Jongens...' fluisterde hij. Naast hem verschoven Linzi en Siem steeds even om hun gewicht te verplaatsen. Olivier had nu een lantaarn van de grond gepakt om de tekst aan de muur beter te kunnen lezen. 'Jongens, we hebben er nog een probleem bij.'

'Ja?' vroeg Linzi. 'Wat dan?'

'Dat ik moet piesen. Echt heel erg nodig.'

Siem moest lachen. Ongelooflijk, die jongen zag in elke situatie nog wel iets grappigs.

'Het is niet grappig,' zei Jasper boos. 'Als er niks gebeurt, doe ik het in mijn broek.'

Nu lachte Linzi ook.

'Ik zeg het niet zomaar,' zei Jasper, en zijn stem sloeg nu per ongeluk over. Heel stom klonk het, paniekerig. 'Verzín dan wat!'

'Hoelang hou je het nog?' fluisterde Linzi.

'Niet lang!'

'Olivier,' zei ze, 'Olivier! Geef dat ding eens aan. Daar, onder de werkbank.'

Dat ding was een plantenpot. Een lege.

'Nee,' zei Jasper, 'ik ga het echt niet in een potje staan doen.'

'Je zult wel moeten,' zei Olivier. Hij wees naar de deur. 'Of wou je gaan vragen of je even naar buiten mag?'

Nu lachte niemand. En dus begreep Jasper dat het niet anders kon. Hij begon te zweten. Hij schoof een stukje weg van Linzi, en weer terug. Hij dacht: waarom hoeft Harry Potter nooit naar de wc? Eerlijk gezegd vond hij het een afgang. Dit, hier, nu, zijn blaas die op knappen stond en die ogen om hem heen.

'Olie,' fluisterde Siem opeens. 'Heb je nog zo'n pot? Dan ga ik ook even. Hoeft hij niet alleen te gaan.'

Hij maakte zich los uit Linzi's armen en tastte naast zich, naar Jasper. Samen schuifelden ze zo ver mogelijk weg van de andere twee, naar de verste hoek waar alleen maar stof lag, en een stapel oude tegels. Olivier had hun elk een geglazuurde pot aangegeven. Er zaten nog wat restjes aarde in.

'Wacht!' zei Linzi. Ze trok een pakje papieren zakdoekjes uit haar jas. 'Leg dit op de bodem. Dan maakt het niet zo'n lawaai.'

Gênant, dat was het, en Jasper had het gevoel dat zijn wangen net zulk rood licht gaven als het lampje boven de werkbank.

Siem kon eerder dan hij. Het ruiste naast hem. Maar eindelijk lukte het Jasper om dwars door zijn schaamte heen te plassen – al was het niet makkelijk de steeds voller wordende pot met één hand vast te blijven houden.

O, wat luchtte dat op! Jasper voelde zich meteen een stuk beter. Helderder ook. Helder genoeg in elk geval om twee van de papieren met eekhoornfoto's van de muur te halen en als geïmproviseerd dekseltje op de plaspotten te leggen. In de hoek ermee – en weer gaan zitten.

'Zo,' zei hij.

'Ja,' zei Linzi, 'zo.'

En daarna vroeg ze of hij even op de plek van Siem wilde. Bij haar dus.

'Euh...' zei Jasper. 'Euh...'

Op dat moment besloot Olivier dat hij wel genoeg gelezen had. Hij liet zich hoofdschuddend weer tegen de muur zakken, naast Linzi. 'We komen hier echt nooit levend uit,' zei hij.

'Hou op,' zei Linzi.

'Ik meen het,' zei Olivier. 'We zijn hier bij gevaarlijke gekken terechtgekomen. Die lui zijn gestoord. En die Miro is het ergst.'

Siem snoof. 'Ach man, doe nou niet alsof we in een televisieserie zitten.'

'Nou, we zitten dus in een soort televisieserie!' gromde Olivier. 'Ik heb die printjes gelezen. Het is echt niet voor te stellen wat daarop staat. Maar we móéten het ons wel voorstellen, want het bewijs zit buiten voor de deur en volgens mij heeft hij nog een paar kogels over.'

'Doe niet zo dramatisch,' zei Linzi, 'vertel het nu maar gewoon.'

'Die GTS, dat Getij Tegen Satan, is volgens mij hetzelfde als de TAS – *Tide Against Satan*. Dat is een soort beweging uit Amerika, volgens die papieren. Maar je hebt overal onderafdelingen, ook hier, in ons land. Satan, dat is de duivel. Voor zover ik het begrijp is het een enge groep mensen die denkt dat de duivel om ons heen bezig is de wereld te veroveren. En de TAS, of de GTS, is daartegen aan het strijden.'

'O,' zei Siem, 'dat is nog niet zo erg, toch?'

'Nee,' zei Olivier, 'maar ze zeggen dat er overal dragers zijn. Zo noemen ze dat: dieren of mensen die bezeten zijn van de duivel. Die bestempelen ze als dragers. En ze vinden dat ze die uit moeten roeien.'

'Maar...' zei Linzi, '...wat hebben de eekhoorns daarmee te maken?'

'Eekhoorns zijn volgens hen de eerste dragers. Oftewel: alle eekhoorns zijn instrumenten van Satan, en Satan stuurt ze op pad om de wereld in zijn macht te krijgen.'

'Pff,' deed Linzi, 'wat zielig.'

'Zielig ja, maar ook doodeng. Want volgens de GTS kunnen eekhoorns mensen aanvallen, en dan worden mensen ook dragers, en dan moeten die mensen dus ook onschadelijk worden gemaakt.'

'Ongelooflijk...' zei Linzi. 'En die Miro?'

'Die Miro is volgens deze papieren aangesteld als opperrechter.'

'Wat betekent dat?'

'Dat hij dragers mag neerknallen.'

'En wat hebben wij daarmee te maken? Waarom heeft hij ons opgesloten? En meneer Rudger?'

'Rudger weet ik niet,' zei Olivier. 'Maar wat ons betreft... op z'n allerergst is Miro daarbuiten aan het nadenken over de vraag of wij besmet zijn door de eekhoorns, en dus...'

'...en dus over de vraag of wij dragers zijn,' vulde Jasper aan.

'Ja.'

'En dus...' zei Siem.

'...of wij neergeknald moeten worden.'

Ze hielden allemaal hun adem in. En toen zei Linzi met een dunne, huilerige stem: 'Ik gelóóf het niet. Ik wíl het niet geloven. Waar is dat altaar dan voor?'

'Dat weet ik nog niet precies. Volgens mij is dat voor een soort tegengod. Die heet dus Rata... even kijken... Ratatoskr. Dat is een soort oereekhoorn die ze tevreden moeten houden. Als ze hem offers brengen dan maakt Satan minder kans. Of zoiets.'

'Zijn daar dan die stukjes vlees voor? Zijn dat de offers?'

'Vlees? Eekhoornharten bedoel je! Die heeft hij uit die lijfjes zitten snijden! En ja, dat zijn natuurlijk de offers.'

'Ieuw!' fluisterde Siem.

'Ik geloof het echt niet,' zei Linzi, en haar stem liep nog steeds scheef. 'Hoe weet je dat nou allemaal?'

'Hhh... hhh... hhh...' deed meneer Rudger, en er schoot kippenvel over heel Jaspers huid, van voor naar achter. Maar er gebeurde verder niks.

'Lees het dan zelf!' zei Olivier, te hard, te schel. 'Het staat allemaal in die mails hier.' Hij maakte een schichtige handbeweging naar de muur. 'En in uitdraaitjes van internet. Hij daarbuiten heeft alles bijgehouden! Hij is nogal trots op zichzelf, geloof ik. Ik zeg het toch: we zitten diep in de shit! En het is dus echt veel erger dan een televisieserie!'

Jasper voelde hoe Linzi naast hem begon te trillen. Hij dacht: hoe heb ik net nog kunnen plassen? Ik zou nu nooit meer kunnen plassen! Ik zit aan alle kanten dicht!

Hij keek naar Olivier die zijn hoofd op zijn opgetrokken knieën liet zakken, en daarna zijn handen in zijn nek legde. Jasper dacht: ik moet Siem beschermen! Die zat daar maar gewoon, bij Linzi, met zijn rug tegen haar aan. Wat dacht Siem? Wat voelde Siem?

Het deed er niet meer toe, want Linzi stootte naar voren –
en Siem stootte dus met haar mee. 'Ik wil dit niet!' zei ze.

O, straks hoorde Miro het, buiten, als hij er nog zat – zat hij
er nog?

'Ssst!' deed Olivier.

'Ik wil dit écht niet!' Linzi's stemgeluid zat nu ergens tussen fluisteren en hardop praten in.

'Stil nou toch!' zei Olivier.

'Het kán ook niet!' zei Linzi. 'Het mag niet! Ik wil hier niet
zijn!'

'Wij ook niet,' zei Olivier.

'Maar bij mij kán het ook niet!' zei Linzi.

Olivier zuchtte. 'Waaróm dan niet?'

'Omdat...' fluisterde ze, zachter nu, véél zachter, '...omdat
het niet goed voor me is. Voor mij en... Ik eh... Ik ben in verwachting...'

16

Het bleef lange tijd stil. Zo stil dat Jasper meneer Rudger hoorde ademhalen. Zo stil dat hij het elektriciteitsstroompje hoorde knetteren in de rode lamp. Hij hoorde zijn eigen bloed, misschien, hij hoorde zichzelf stil zijn – zo stil was het. Maar toen klonk Linzi's stem weer. 'Ja,' zei ze, 'in verwachting. Zeventien weken. Ik krijg een kindje. Daarom ben ik hier, in Zonneduin. Daarom ben ik in De Egel met mijn zus. Het is niet voor haar, het is voor mij.' Daar zaten ze. Jasper trok zijn benen tegen zich aan. Hoe laat zou het zijn? Tegen twaalven? En het meisje naar wie hij keek wás dus geen meisje – het was een jonge vrouw. Met een piepklein baby'tje in haar buik.

Hij wist echt niet wat ze moesten doen. Wat konden ze doen? Ze waren drie jongens, en hij en Siem hadden zwangerschappen alleen nog maar meegemaakt van verre tantes, van een buurvrouw, van de kleuterjuf.

'Nou,' zei Linzi, 'zit me niet aan te kijken alsof ik... ik weet niet wat.'

Ze kwam niet uit haar woorden.

Maar gelukkig stak Siem nu zijn hand uit naar achteren. Hij zocht naar haar rechterwang. Even liet hij zijn vingers daar rusten, toen trok hij ze weer terug.

Linzi bewoog haar wenkbrauwen, Jasper zag het. Misschien zag hij het ook niet, het licht was nog altijd zwak.

'Hoe...' zei hij.

Hoe komt dat zo, wilde Jasper vragen. Maar hij deed het niet, want het klonk zo stom.

Maar Linzi begreep het. En ze begon weer te praten – al liet ze nauwelijks geluid toe in haar stem. Dat gaf niet. Ze zaten dicht om haar heen, Jasper hoorde elke verandering in haar adem.

'Ik kan zijn naam niet noemen,' zei ze. 'Ik ken hem al zo lang. We zijn al zo lang samen. Hij woonde niet ver van waar ik woon. En het is gewoon gebeurd. Een paar weken geleden kwam ik erachter. Of eigenlijk mijn moeder. Die had me naar de dokter gestuurd omdat ik steeds moest overgeven. En die dokter is een verrader. Hij heeft het niet aan mij gezegd, dat ik in verwachting was dus. Nee, hij heeft mijn ouders opgebeld. Mama stond met de telefoon in haar hand. En ze kéék alleen maar. Ze keek echt heel lang. Ik begreep het niet, en opeens begreep ik het wel. Ze kwam naar me toe. Ze moest huilen en ze was kwaad, alles door elkaar heen. Ik moest naar boven toe, en toen kwam ze na een kwartier of zo. We hebben heel lang gepraat, en ik ben geloof ik ook nog bijna flauwgevallen, maar toch niet helemaal. Maar mijn moeder was het bangst voor mijn vader. Voor de schok. Ze zei: "Blijf hier. Ik bereid hem wel voor."'

Linzi stopte met vertellen. Ze staarde voor zich uit. Maar na een tijdje schudde ze met haar hoofd, alsof ze wakker werd uit een korte verdoving. 'Eh...' zei ze. Jasper probeerde te bedenken wat ze nu zag. Siem die met zijn hoofd schuin naar haar zat te luisteren, zijn oor ter hoogte van haar mond. Olivier die naar de grond keek, en hijzelf, starend naar haar zwarte haar en het stukje wang dat hij erdoorheen kon zien. 'Eh...' zei ze nog een keer.

Toen draaide Siem zijn gezicht naar dat van Linzi. 'Ga maar door,' zei hij. 'Wij luisteren gewoon.'

Nu durfde Jasper ook. Hij legde eventjes zijn hand tegen haar bovenarm. En trok hem snel weer terug.

Linzi haalde adem en ging verder. 'Ik dacht dat mijn vader woedend zou zijn. Wij zijn christelijk, weet je. En de mensen van onze kerk zijn streng. Dus een dochter van vijftien die een kind krijgt, nee, dat is niet... Nou ja. Ik dacht dat hij zou gaan schreeuwen. Dat doet hij nooit, hoor. Mijn vader is een goede vader, jullie moeten niets verkeerds van hem denken. Maar hij is kerkoudste, en de schande dat... Maar hij bleef kalm toen hij het hoorde. Dat was eigenlijk nog enger. Hij keek me zo koel aan. Alsof ik iemand anders was, iemand van de wereld, iemand die hij niet kende. En toen ging hij dingen regelen. Dit hier. De Egel, het huisje. En Marla. Ik ben van school af gegaan, daar denken ze dat ik ziek ben en bij een of ander familielid ben gaan wonen. Om aan te sterken. En eigenlijk is dat ook zo. Mevrouw List, van Huize Zonneduin, is geloof ik een achternicht van mijn vader. Maar daarom zit ik hier dus, in een huisje zonder gsm-bereik en zonder bezoek, alleen met mijn zus die over me waakt, en mama komt wanneer ze kan, en ik mag niemand zien. Behalve de natuur hier. En de dieren, en het bos. De eekhoorns...'

Opeens keek Olivier op. 'En je vriend dan? Die jongen? Hij moet toch...'

'Ik mag hem niet meer zien. Nooit meer. Mijn vader is bij zijn vader gaan praten. Maar straks, als alles voorbij is, dan zoek ik hem zelf op, want we horen bij elkaar. Ach wat, ik noem zijn naam gewoon. Hij heet Fabian.'

'Ah,' zei Siem, 'Fabian.'

'Hij schrijft brieven. Hij is naar het werk van Marla gegaan en heeft net zo lang aan haar hoofd gezeurd totdat ze ze aan mij gaf. Elke dag is hij daar, elke dag schrijft hij. We gaan gewoon verder. Als ik hier uit kom, dan...' Opeens hield ze op met praten. Ze keek geschrokken om zich heen. 'Als...' zei ze, 'als ik hier uit kom.'

Jasper ging met een schokje rechterop zitten. 'Natuurlijk komen we hier uit!' zei hij. Hij moest het zeggen, want hij zag het opeens voor zich: Linzi, het mooiste meisje dat hij ooit had gezien, met haar warme armen om een kindje heen. Een donker baby'tje, met de ogen dicht, heel klein en lief. En dan een geweer? Satangedoe? Dat paste niet bij elkaar. Dat botste op elkaar. Hij wist het zeker. Straks stonden ze weer buiten. Straks knipperden ze met hun ogen en dan was alles voorbij.

Siem zat te schommelen. Hij had zijn armen om zichzelf heen geslagen en bewoog heen en weer. 'Een kindje,' zei hij, 'een kindje... Doet het pijn? Heb je buikpijn?'

Linzi lachte even, ook al zag zelfs dat er nu droevig uit. 'Nee,' zei ze. 'Ik ben niet ziek of zo.'

'Is hij aardig?' vroeg Siem.

Wie? dacht Jasper. Er raasden zo veel gedachten door zijn hoofd dat hij zijn broer niet meer kon volgen.

'Fabian?' zei Linzi. 'Dat hoef je niet te vragen. Als je hem zou kennen, dan...'

'Wacht!' zei Olivier opeens. 'En je zus dan? Die moet op jou letten! Hoe groot is dat huisje van jullie? Ze moet toch doorhebben dat je weg bent? En dan gaat ze je zoeken, en hoe ver is dit schuurtje daar eigenlijk vandaan?'

Linzi schudde haar hoofd. 'De Egel is vlakbij. Maar Marla is bij haar eigen vriend. Mama mag het niet weten, want Marla moet elke nacht bij mij zijn. Hij is matroos, die jongen, en hij kwam vanavond terug uit dienst. Ik zei tegen Marla dat ik best alleen kon blijven. En dat kan ook best. Ik ben niet bang. 's Nachts horen we nooit iets, alleen dierengeluiden. En dieren zijn geen vijanden. Sorry. Ik heb alles verkeerd ingeschat. Ik dacht dat ik nooit meer iets met iemand te maken wilde hebben, ik wilde alleen zijn. Door het middenbos lopen. Maar toen zag ik jullie...' Ze keek naar Jasper en naar Siem. 'En jullie waren zo... ja, zo onschuldig. En toen die dode eekhoorns. En Olivier... Sorry, Olivier, ik dacht eerst ook dat jij... Maar je was net dus zo kwaad over de dieren als ik. En ik had het allemaal anders moeten doen. Ik ben ouder dan jullie, ik had op moeten letten. Shit, shit, ik ben verantwoordelijk voor alles hier en straks ben ik een moeder en dan doe ik ook dingen fout, en hoe moet dat dan, en...'

'Sssjj,' zei Jasper. Hij draaide zich naar Linzi toe, en hij legde zomaar zijn handen op haar haar – aan twee kanten van haar gezicht.

Hij begreep zelf niet waarom hij het deed, het gebeurde gewoon. Hij voelde de lijn van haar kaken. En hij voelde ook hoe Linzi's woorden onder zijn vingers stilvielen, hoe ze rustig werd en naar hem luisterde. 'Maak je geen zorgen,' zei hij. 'We halen je hiervandaan. Jou en onszelf en je kindje.'

17

Jasper wist niet wat hij zei. Want hoe moesten ze dat in godsnaam aanpakken? Maar hij wist wel waaróm hij het zei. Ze
waren met z'n vieren in dit avontuur gedonderd en ze moesten er samen ook weer uit zien te komen. Met z'n vieren? Nee!
Met z'n vijven – en toen hij dat dacht had hij dus zijn handen
om Linzi's gezicht gelegd.

Hij trok ze terug en begon zich alweer te schamen.

Ze kreeg een baby! Dat had hij dus helemaal niet gezien!
Maar misschien kón je het ook nog niet zien, na zeventien
weken?

Hij en Siem wilden een broertje, of een zusje, vroeger. Eerst
zeurden ze er steeds zo'n beetje om, maar toen had hun moeder hen een keer om de tafel gezet om uit te leggen dat de
dokters het verboden hadden. Dat het te gevaarlijk was, en
dat er bij hun eigen geboorte ook al van alles mis was gegaan.
Jasper vond het een ongemakkelijk gesprek. In elk geval hadden ze het sindsdien niet meer over gezinsuitbreiding.

Hoewel, vlak voor hun ouders naar China vertrokken zei
Siem zomaar: 'Jullie kunnen toch ook een Chineesje adopte-
ren? Zoek anders alvast maar een leuke uit. Jullie zijn daar
nu toch.' Jasper had hem even later, op hun kamer, een hens
tegen zijn bovenarm gegeven.

Ze keken hem nu allemaal aan. Ze verwachtten een plan,
een idee. 'Eh...' zei hij, 'hoe zit het met jouw ouders, Olivier?
Missen die jou nu niet?'

'Wah!' zei Olivier. Hij gooide zijn handen in de lucht. 'Ik
dacht dat je iets goeds had bedacht.'

'Geef nou antwoord, Olivier,' zei Linzi.

'Ja ja. Ik ben gewoon naar buiten geklommen. Vanuit mijn kamer het dak van de uitbouw op, en dan door de tuin naar mijn boomhut. Dat doe ik altijd. Mijn vader heeft het wel eens gemerkt, maar hij vindt het niet erg. Als ik mijn mobiel maar bij me heb.'

'En je moeder?'

'Mijn ouders zijn gescheiden. Ze woont in Waddinxveen. Die zie ik pas weer in het weekend.'

'O. En je zusjes of broers?'

'Heb ik niet.'

'Maar...' zei Jasper, '...misschien belt je vader je wel, op je mobiel. En dan hoort hij steeds maar niks, en misschien gaat hij dan zoeken. Of hij haalt de politie erbij.'

Olivier schudde zijn hoofd. 'Nu zeker? Die denkt gewoon dat ik slaap. Trouwens, hij belt me bijna nooit. Hij vertrouwt me.'

'En vrienden?'

Olivier keek Jasper aan. 'Wat wil je nou?' vroeg hij. 'Bel jij je vrienden midden in de nacht? Trouwens, ik heb geen vrienden.'

Na die opmerking werd het even stil. Geen vrienden? Dat klonk best zielig. Zat Olivier daarom steeds in zijn boomhut? Zat hij daarom uit het raam te staren en Berrie Elleboog te zijn? Jasper wilde best iets zeggen als: hé man, wij zijn nu je vrienden – maar hij deed het niet. Want het voelde raar.

Olivier kneep met zijn lippen en haalde zijn schouders op.

'Linz,' fluisterde Siem toen opeens, en weg was de stilte. 'Heb je al een naam verzonnen?'

Linzi schoot in de lach. Jasper stompte zijn broer zachtjes in zijn zij.

'Wát nou?' zei Siem. 'Dat mag ik toch wel vragen?'

Ze gingen er verder niet op in. Ze staarden weer naar de grond en naar de vlammetjes in de lantaarns. Tot Jasper aarzelend weer begon te fluisteren. 'Weten we eigenlijk zeker,' zei hij, 'dat er nergens een opening is? Dat er geen plank loszit of zo?'

Hij stond op. Zijn kont was koud. Als ze hier nog lang zouden zitten moesten ze daar ook iets op vinden. 'Jas!' zei Siem, het klonk een beetje angstig. 'Wat doe je?'

'Niks,' zei hij, 'ik ga langs de wanden voelen. Wie weet vinden we iets.'

'Ik doe mee,' zei Linzi. 'Maar luister – wat ik jullie verteld heb is geheim. Niemand hoeft het te weten. Niemand mág het ook weten. Als het uitkomt waarom ik hier ben...'

Haar stem stokte. Ze duwde Siem een stukje naar voren. Ze trok haar benen op en wilde gaan staan.

'Wat dan?' zei Siem.

'Laat maar,' zei Linzi.

Ineens legde Olivier zijn hand op Linzi's arm. Hij begon met een heel andere stem te praten dan hij tot nu toe had gedaan. 'Luister,' zei hij, 'we zijn hier met z'n allen terechtgekomen. Jasper heeft gelijk. We zorgen wel dat we er weer uit komen ook. Als je wat wilt vertellen, dan moet je het gewoon vertellen. En als je dat niet wilt, dan doe je het niet. Ik wou alleen maar zeggen dat we nu ook... Nou ja... dat we bij elkaar horen. Of zo.'

Linzi was half overeind gekomen. Ze steunde nog met één hand op de grond, maar heel even leek ze wel stilgezet. Toen lachte ze zachtjes. 'Olivier,' zei ze, 'ik zal je nooit meer Berrie Elleboog noemen.'

Ze stond nu helemaal op. Ze fluisterde: 'Ik wilde nog zeggen dat ik niet weet wat er gaat gebeuren als de baby geboren is. Maar we hebben het er niet meer over. We gaan de muren afzoeken.'

Olivier ging nu ook op zijn hurken zitten. 'Ja,' zei hij, 'dat is goed.'

Ja, dat was goed. Jasper voelde aan de wand, rechts van de werkbank. Hij probeerde er zo geluidloos mogelijk op te kloppen, misschien kon hij horen dat er ergens dunner hout was gebruikt. Hij kwam bij de hoek waar de tegels lagen, waar de plantenpotten met urine stonden. Oei, in deze hoek rook je het nu wel, ondanks zijn geïmproviseerde deksels. Maar het schuurtje was aan alle kanten even stevig gebouwd. Olivier en Linzi leken niks te ontdekken. Siem voelde onder de werkbank, maar ook daar was weinig dat hen van nut kon zijn.

Jasper keek naar meneer Rudger, naar de deur en naar de lantaarns. Naar de plek waar niemand zich nog waagde. En opeens drong het onontkoombare tot hem door: alles in deze schuur was solide en onveranderlijk – behalve meneer Rudger. Behalve de deur. En behalve Miro. Van een van die drie moesten ze het hebben.

'Denken jullie,' fluisterde Jasper even later, toen ze weer bij elkaar zaten en iedereen duidelijk aan het wachten was tot hij iets nieuws bedacht, 'denken jullie dat Rudger weet dat wij met z'n vieren zijn? Heeft hij ons goed bekeken?'

Olivier haalde zijn schouders op. 'Lijkt me wel,' zei hij. 'Hij is toch niet...' Hij keek schichtig naar Siem en hield abrupt op met praten. Maar Siem, die zijn hele leven al aan dit soort versprekingen gewend was, maakte zijn zin af: 'Ja, hij is toch niet blind?'

'Nee,' zei Jasper, 'maar hij was alleen maar aan het bonzen en aan het kreunen. Misschien heeft hij niet precies gezien of we nu met z'n vieren waren of met z'n drieën?'

'Wat bedoel je?' vroeg Linzi.

'Zou het hem opvallen,' vroeg Jasper, 'als ik er bijvoorbeeld niet meer was? Als ik ontsnapte?'

Daar moesten de anderen even over nadenken, maar toen zei Olivier: 'Misschien niet, misschien wel. Hoe zou je dat dan willen doen?'

'Ik weet niet,' zei Jasper, 'maar als Rudger wakker wordt, dan moeten jullie met hem gaan praten. Hij zal toch naar buiten willen? Als je het goed bekijkt staat hij meer aan onze kant dan aan die van Miro. Misschien weet hij sowieso een oplossing, en anders moeten we toch een keer eten krijgen, of drinken. En dan gaat de deur dus even open. Ik glip naar buiten. Jullie blijven hier. Rudger en Miro denken dat er niets veranderd is, en ik haal hulp.'

'Waarom jij?' vroeg Olivier.

'Omdat Siem en hij het meest op elkaar lijken natuurlijk,' zei Linzi. 'Ze zijn even groot. Ze hebben dezelfde kleur jas. Als een van hen verdwijnt, dan lopen we de minste kans dat Rudger het doorheeft.'

'Wát?' schrok Siem. 'Ga je weg? Nee! Nee! En ik dan?' Hij was opeens in paniek, en Jasper herkende dat. Siem maakte zich geen zorgen. Nooit. Behalve als hij niet wist waar Jasper was.

'Siem, het móét,' zei Jasper. 'Het is misschien onze enige kans. En ik kom terug.'

'Ik ben er ook nog,' zei Linzi, met haar mond dicht bij Siems oor. 'En ik blijf bij je.'

Siem bewoog zijn bovenlichaam, voorover, terug, voorover, weer terug. 'Ik ben heus niet bang,' zei hij. 'Shit, ik ben heus niet bang. Oké dan maar.'

'Ik heb donkere kleren aan,' zei Jasper. 'En we doven de lantaarns. We verplaatsen die stapel tegels naar vlak naast de deur. Dan kan ik me daarachter verschuilen. Tot de deur opengaat.'

Olivier knikte. 'Het is een idee,' fluisterde hij. 'Maar Miro moet dan wel helemáál naar binnen komen. De deur moet een flink eind opengaan, bedoel ik. Dan pas kun jij erlangs.'

'Zeg,' zei Siem, 'kunnen we die tegels niet op zijn kop kapotslaan? Of weet je wat, we smijten hem onze zeik in zijn gezicht! Nog beter!'

Linzi lachte, maar Jasper zei: 'En hem vermoorden, zeker?
Wie gaat er dan naar de gevangenis? O, en dat met die pies:
dan kiest Rudger weer voor hem, dan moeten we tegen twee.
Bovendien gaat Miro meteen knallen. Stomkop.'

'We moeten wel doen wat Jasper zegt,' fluisterde Olivier,
'we weten niks anders. Maar wat ik dacht... dat met die pies...
kunnen we ook niet...'

18

Even later sjouwden ze zo zwijgend en voorzichtig mogelijk
met tegels. Ze bouwden aan een onopvallende stapel achter
de rug van meneer Rudger, meteen naast de deur, daar waar
toch al donkere rommel stond. Een rol teerpapier en een
oude, grijze stofjas waaronder Jasper een kapotte handmaaier
vandaan haalde. Ze maakten er een nauwe schuilplaats van,
met een doorgang aan de deurkant. De stofjas kon de tegels
mooi camoufleren en Jasper paste er, ineengedoken, zo precies achter dat je niet het idee had dat daar een jongen verborgen zat.

Jasper fluisterde tegen Siem: 'Ik kom terug. Nu zorgt Linzi
voor je.'

'Ja, het is al goed,' zei Siem, 'ben je jaloers?'

'Gek,' zei Jasper.

Hij gaf Olivier een hand en hij gaf Linzi een hand.

Ze liep mee naar de stapel tegels. Hij stapte in zijn schuilplaats. Linzi drapeerde de jas met slow motion-gebaren over
hem heen, doodsbang dat ook maar het kleinste geluid hen
zou verraden.

Eindelijk was het klaar. Linzi gaf Jasper door de stofjas heen
een klopje op zijn hoofd, en sloop terug naar de verre hoek.

Jasper ontdekte tussen de rol en de tegels een smalle kier
waardoor hij kon zien wat er in de schuur gebeurde. Olivier
had ergens nog een lap gevonden die hij nu op de koude
grond van hun vaste plek neerlegde. Jasper zag hoe Linzi Siem
liet voelen waar hij moest gaan zitten. Hij voelde een korte
steek in zijn buik.

Linzi wenkte naar Olivier om de lantaarns te helpen doven.

Die waren zeker heet geworden, want Olivier liet er eentje uit zijn handen vallen. Het vlammetje doofde meteen, maar ze hielden allemaal hun adem in – kwam er reactie van buiten? Nee, dat niet. Maar wel van meneer Rudger.

Die rochelde, kort.

Hij begon om te rollen. Of leek dat maar zo?

Het leek maar zo. Linzi en Olivier stonden nog steeds als standbeelden om hem heen. Pas na een paar minuten durfden ze weer te bewegen. En dus, nu meneer Rudger niet uit zichzelf ontwaakte, was Oliviers extra plan toch nog nodig.

Als hij niet zo krampachtig in elkaar gedoken zat, had Jasper erom moeten lachen. Het plan kwam uit de Donald Duck. Daar werd iemand die flauwgevallen was altijd bijgebracht met vlugzout. Dat was een stinkend spulletje dat het slachtoffer, als hij het rook, meteen deed opspringen. En zoiets had Olivier nu ook in gedachten, alleen niet met vlugzout. Maar met pies.

Linzi knielde bij meneer Rudger. Zij en Olivier hadden heel even ruziegemaakt over wie de urinepot vast moest pakken. Linzi had blijkbaar verloren. Ze duwde het ding nu zo dicht mogelijk naar meneer Rudgers gezicht. Dit móést hij ruiken, het kon niet anders.

Jasper kon het niet precies zien, maar zoals hij het zich voorstelde, kringelden zijn uitgeplaste geuren nu van minder dan een centimeter afstand de neus van de oude man binnen. Hij dacht zelfs: jammer dat het inmiddels is afgekoeld.

Maar er gebeurde niks.

Althans: eerst niet.

Hoeveel tijd ging er voorbij – drie minuten, vijf, zeven misschien? De tijd leek hier zijn gewone duur te hebben verloren en Siems horloge konden ze natuurlijk niet gebruiken. Maar eindelijk klonk daar het grommen en gorgelen van meneer Rudger weer. En een klap. Overeindgekrabbel. Linzi die achteruitsprong, terug naar Olivier en Siem. De rug van meneer Rudger, breed in Jaspers beeld, en langzaam op gang komend gevloek. 'Kolere man, wraagh... tering... wat is dat?'

Wat dat was kon zelfs Jasper in zijn schuilplaats nu ruiken: het resultaat van de klap. Zijn pot met uitvloeiende pies, die Rudger per ongeluk omvergeslagen had.

Meneer Rudger hijgde net als eerder op de avond. Hij had weer pijn, waarschijnlijk. Hoe kon het dat hij zo lang buiten westen was geweest? Hij moest wel ernstig ziek zijn. Bij Siem en Jasper in de klas zat een jongen met epilepsie. Die viel ook wel eens om. Maar dan knarste hij met zijn tanden, en hij schokte ook. Dat hadden ze meneer Rudger niet zien doen.

Jasper tuurde door zijn kijkgat. Meneer Rudger kwam overeind. Het eerste wat hij deed was naar de werkbank strompelen en ertegenaan vallen. Daarna golfde er onder luid gebraak een stroom viezigheid uit zijn mond.

Smerig, smerig! Die man stond daar gewoon te kotsen! Jasper dacht dat hij kon zien hoe Linzi, Siem en Olivier met hun gezicht trokken.

Hij hoopte dat meneer Rudger niet zou opmerken dat ze nu met een persoon minder waren. Gelukkig had Jasper daarstraks, toen ze nog maar net opgesloten waren, niet tegen meneer Rudger gepraat. 'Wraaagh,' zei meneer Rudger, terwijl hij zijn mond afveegde met de rug van zijn hand. 'Zijn jullie er nog steeds?'

'We worden vastgehouden, meneer Rudger,' zei Linzi. Tenminste – Jasper vermoedde dat ze dat zei. Hij kon haar hiervandaan niet goed meer verstaan. 'Gegijzeld.' Dat woord hoorde hij wel.

'Gegijzeld hh hh? Dat is een groot woord.' Meneer Rudger draaide zijn hoofd met een ruk in de richting van de deur, alsof hij zich nu pas weer herinnerde in wat voor toestand hij zich bevond. 'Miro!' brulde hij. 'Miro!'

Jasper schrok. Het antwoord dat van buiten klonk, kwam nu opeens van heel dicht bij zijn oren. Er zat alleen maar een deur tussen, en de stofjas.

'Hou je kop, Steve!' zei Miro. Zijn stem was scherp en hoog en waanzinnig.

Meneer Rudger, wiens voornaam dus blijkbaar Steve was, wankelde naar de deur. Waarschijnlijk deed hij zijn best om niet in zijn eigen overgeefsel of in Jaspers urine te stappen. 'Miro Wassenstein,' murmelde meneer Rudger. Hij had zijn wang tegen het hout gelegd. 'Laat me eruit. Ik ben ziek, wist je dat wel? Ik heb medicijnen nodig.'

Even was het stil buiten.

'Ik heb ze gewaarschuwd...' zei Miro toen, en daarna: 'Geváár... geváááár...'

'Ja,' zei meneer Rudger. 'Zeker gevaar. We zitten hier met kinderen. En ik moet geholpen worden. Het is een belachelijk gedoe inmiddels. Tijd om verstandig te worden.'

Dakk! Dakk! Miro stootte twee keer hard tegen de deur, waarschijnlijk gebruikte hij de achterkant van zijn geweer. Jasper sloeg van schrik met zijn hoofd tegen de muur. Hij hoopte maar dat meneer Rudger hem niet had gehoord.

Dat leek niet zo. Meneer Rudger begon te hoesten. Het klonk alsof de bodem van zijn longen afgeschrobd moest worden, en het eindigde in een spuugbal op de vloer. 'Klerejoch,' vloekte hij zachtjes. 'Teringjoch.'

Jasper zag hoe hij zich omdraaide en langs de natte plekken op de vloer naar Linzi, Siem en Olivier liep. Toen hij vlak voor hen stond leek hij te struikelen. Linzi schoot overeind en ving hem op. Ze trok het krukje dichterbij. Daar zakte hij op neer, zijn adem gierde weer.

Dat hoorde Jasper, maar hij kon niet langer verstaan wat meneer Rudger zei.

Linzi praatte zachtjes, om Miro niet mee te laten luisteren.

Ook Olivier mengde zich in het gesprek. Jasper zag hoe hij naar de werkbank wees en naar de printjes. Hij dacht te zien dat meneer Rudger knikte.

Na een tijdje werd het gesprek intensiever. Linzi zei zinnen met de woorden 'politie' en 'medicijnen' erin, maar dat leek niet goed te vallen. Meneer Rudger kwam van de kruk af, maakte een wegwerpgebaar en liep weer naar zijn oude plek, dicht bij Jasper. De plek waar nog steeds twee van hun jassen lagen. Meneer Rudger liet zichzelf erbovenop vallen. En toen begon het wachten.

Jasper zat ineengedoken. Zijn ene been hield hij gestrekt voor zich uit, zijn tweede been had hij opgevouwen tussen de muur aan de ene kant en de tegels aan de andere. Eén voet tintelde al.

Viel meneer Rudger nu in slaap? Jasper kon het niet goed zien. Hij zag wel hoe Linzi naar de oude man toe ging, aan zijn schouder schudde en zachtjes met hem sprak. Maar blijkbaar hielp het niet, want ze kroop weer terug naar Siem en Olivier.

Jaspers benen begonnen pijn te doen. Zijn rug ook, en hij kon bijna letterlijk voelen hoe de kramp wervel voor wervel langs zijn rug naar zijn nek aan het klimmen was.

Meneer Rudger stond opeens weer op – maar na hoeveel tijd? Hij stond op en probeerde met Miro te praten.

Daarna stommelde hij weer – wanneer precies? – naar Linzi, Siem en Olivier. Die gebaarden, die fluisterden. Maar er veranderde weinig.

Jasper zat in zijn holletje, scheef en onhandig, als een veel te haastig opgeborgen bouwpakket. Intussen vulde de hut zich met een steeds sterker wordende stank. Kots en pies, je zou denken dat je eraan wende, maar Jasper moest elke tweede minuut moeite doen om niet te gaan niezen. Hij ademde zo veel mogelijk door zijn mond.

Misschien viel hij zelf ook in slaap? Hij probeerde wakker te blijven, dat wel, hij wilde zichzelf niet verraden door slaapgeluiden of zo. Bovendien mocht hij het moment dat er wel iets gebeurde niet missen.

In zijn halve droomtoestand schoten er allerlei filmpjes door Jaspers hoofd. Hij zag hun vader en moeder in China. Dat was onzinnig, ze waren er pas net en hij kón niet weten hoe ze het daar hadden. Toch zag hij ze daar rondlopen. Overal waar ze kwamen wervelden er kleine Chinese meisjes om hen heen. En ook een paar jongetjes.

Verderop in de nacht zag Jasper, soezend, wegzakkend, zichzelf voor zich. Terwijl hij een baby'tje droeg. Het jankte als een gek en hij wist echt niet wat hij ermee moest doen. Maar toen keek hij ernaar en toen was het een eekhoorntje.

Even fladderden er ook nog vlinders door zijn hoofd. Hele, hele grote – maar daarna schoot Jasper weer wakker.

Hij bewoog zijn tenen.

Hij probeerde zich met zijn armen achter zijn rug een paar centimeter omhoog te drukken, om niet helemáál in een gevoelloze klomp te veranderen.

Hij tuurde door de opening tussen de tegels en de stofjas. Hij zag dat Siem tegen Linzi aan lag te slapen, en dat Olivier weer met zijn voorhoofd voorover op zijn knieën zat.

Maar toen hij even later, of veel later, dat kon hij niet meer bepalen, nóg eens keek, wist hij het. Nu. Nu gaat er iets gebeuren. En héél zachtjes voelde hij ook weer die waarschuwingswind, binnen in het schuurtje. Hh hh hh!

Hij zag dat meneer Rudger voor de zoveelste keer overeind gekomen was. Linzi praatte tegen hem. Rudger schudde met zijn hoofd. Maar opeens deed Linzi iets waarvan Jasper acuut ophield met ademen: ze legde meneer Rudgers hand op haar buik.

19

Het leek wel of meneer Rudger door vijf onzichtbare eekhoorns tegelijk gebeten werd. Hij sprong op. Hij banjerde
dwars door de nattigheid naar de deur. Vlak naast Jasper tikte
hij één keer tegen het hout, en het klonk anders nu. Beslist,
definitief.

'Oké, Miro,' gromde hij. 'Je bent daar nog en je moet luisteren. Het is afgelopen. Als je nu niet opendoet zorg ik er per-
soonlijk voor dat iedereen te weten komt wat jij hier doet.
Kranten, televisie, ik bel ze allemaal op. Dat zal de GTS niet
leuk vinden, je weet hoe die lui zijn. En als je me tegen wilt
houden moet je hier binnenkomen en me neerschieten. Maar
in elk geval laat je die kinderen vrij, die hebben er niks mee te
maken. Kom dan, mannetje. Kom maar.'

Even wachtte meneer Rudger, maar toen begon hij weer
tegen de deur te tikken. Jasper verwachtte nu elk moment
een schot, dwars door het hout, dwars door meneer Rudgers
lichaam heen.

Hij maakte zich zo klein mogelijk, hij zette zich schrap.

Maar in plaats van het geluid van een kogel hoorde hij
gemorrel en geschuif.

Meneer Rudger week wankelend naar achteren, de deur
zwaaide open en Miro stormde naar binnen. Hij viel meneer
Rudger aan, misschien. Jasper had geen tijd om precies te volgen wat er gebeurde. Hij hoorde de twee mannen tegen elkaar
schreeuwen en hij dacht later dat ook Linzi's stem zich in het
lawaai had gemengd. Maar zelf was hij bezig om op te staan.
Om onder de stofjas uit te kruipen. Om langs de stapel tegels
te glippen en de deur uit te komen, de deur uit, de deur uit!

Hij wist niet of het zou lukken. Hij was bang dat hij teruggesleept zou worden, of in zijn voet geschoten, in zijn hoofd. Maar hij sloop zo snel als hij kon naar het dichtstbijzijnde bosje. Alles bij elkaar duurde dat misschien drie seconden. In elk geval zat hij ineens met een loeihard kloppend hart achter een heel aantal dichte takken naar de ingang van het schuurtje te kijken.

Het was hem gelukt! Hij was vrij. En het moest echt heel laat zijn, of juist vroeg, want de hemel was alweer lichter.

Uit de schuur klonk gebonk. Vechtgeluid. Worstellawaai. In heel Jaspers lichaam kneep het nog steeds, het stak, het vlamde. Wat als het nu fout afliep, met dood en bloeden en alles?

Maar het duurde en het duurde daarbinnen. Was dat een goed teken? Ja? Ja? Zouden Siem en Linzi en Olivier zo meteen gewoon naar buiten komen – ongedeerd, lachend misschien? Jasper schoof met zijn voet, die sliep nog steeds. Met zijn tanden trok hij velletjes van zijn nagels.

Maar er ging niemand dood en er kwam ook niemand vrij. Met één arm om meneer Rudgers nek geklemd stommelde Miro de schuur uit. De deur viel weer dicht, en terwijl Miro probeerde met zijn vrije hand zowel het geweer vast te houden als de sleutel in het hangslot te steken, zakte meneer Rudger naar de grond. Tegen het hout aan, uit Miro's greep. Had hij een nieuwe aanval?

Ja, dacht Jasper, hij heeft een nieuwe aanval. Maar Miro heeft de sleutel in het slot laten hangen! Hij heeft de sleutel in het slot laten hangen! Of had hij dat nou verkeerd gezien?

Miro sloeg de oude man op zijn wangen. Toen dat niet hielp haalde hij zijn schouders op en ging zelf ook maar weer zitten. Naast meneer Rudger, rug tegen de deur.

Van binnenuit waren nu weer stemmen te horen, Linzi, Olivier, Siem. Met een klap van zijn geweer tegen de deur maande Miro hen tot stilte.

Maar als ze bij de deur staan, dacht Jasper, dan hebben ze het inmiddels gezien. Dat ik daar niet meer zit. Dat ik ontsnapt ben. En dan weten ze het. Dat het nu allemaal in mijn handen ligt. Dat ik hun hoop ben. De enige.

Jasper kroop achteruit. Dat was gevaarlijk, maar alles was nu gevaarlijk. Miro kon zo woedend worden dat hij ging schieten. Naar binnen, nog eens dwars door de deur, of juist recht voor zich uit. Omdat hij iets hoorde, misschien. Hem, rommelend tussen de blaadjes. Of omdat hij iets zag bewegen in het eerste morgenlicht. Hem, wegschietend uit de Zonneduintuin. 91

Jasper had geen keus. Hij probeerde zijn wakker geschudde benen zo langzaam mogelijk te verplaatsen. Hij probeerde gelijkmatig te ademen. Zonder geluid, maar wel diep. Hij probeerde zijn schouders te ontspannen, zodat in elk geval de slagen van zijn hart niet uit zijn T-shirt tevoorschijn knalden.

Na een paar meter, afgelegd in zijn allertraagste traagheid, durfde Jasper zich om te draaien. Hij keek nog even over zijn schouder om zeker te weten dat Miro en meneer Rudger nog steeds voor de schuurdeur zaten.

Dat zaten ze.

Nu werd het makkelijker: sluipend met zijn ogen op de bosgrond vóór hem gericht, lukte het Jasper al snel om bij het middenbos te komen.

En dus kon hij gaan rennen. Ja – hij rende en sprong zo snel als hij kon over de varens en de takken. Maar waarheen? Daar had hij tijdens heel zijn verstopnacht niet over nagedacht, wat was hij toch stom.

Er sloeg een vlaag van zweethitte over Jaspers gezicht. Het was koud en zijn jas lag nog in de schuur, maar zijn hersens schoten naar hun hoogste stand, ze gloeiden, ze gloeiden! Hij moest naar huis. Toch? Naar oom Geert! Diens slaapkamer binnen stormen, hijgend uitleg geven en naar de politie bellen.

Nee, nee – hij moest niemand wakker maken. Hij moest zélf bellen, dat ging sneller.

Ja, en dan? Dan was de politie er pas over een half uur. De politie moest eerst wist hij veel waarvandaan komen, en dan langs de villa het bos in, zoeken naar het schuurtje. Ja, ja, áls ze hem zouden geloven. Jasper kon de stem aan de andere kant van de telefoon al horen. 'Rustig jongetje, rustig. Geef je vader maar even.'

Dit alles griepte rond in Jaspers hoofd, terwijl hij hollend de weg probeerde te vinden. Ze zouden te laat zijn, gilde het in zijn hersens. Te láát! En waar moest hij verdomme, verdomme nu toch heen?

Opeens stond hij stil. Was hij verdwaald?

Hij hijgde, en over dat hijgen heen hijgde hij nog eens. Zijn adem kotste zichzelf bijna over zijn tong naar buiten. Hij drukte met zijn handen op zijn slapen, want hij moest nadenken nu. En koel worden. Net zo koel als hij in de schuur was geweest.

Maar toen was Siem nog bij hem. Met Siem in de buurt was alles makkelijker. Het leek misschien wel zo dat hij soms voor Siem moest zorgen, maar dat was niet waar. Jasper wist het al heel lang: Siem zorgde ook voor hém. Juist omdat Jasper wist wat hij voor Siem moest doen, zorgde Siem voor hem. Zonder Siem was Jasper de helft van zijn plannen kwijt.

Ja, hij moest aan Siem denken nu. Siem moest uit dat schuurtje worden gehaald. En Linzi dan? Ja, Linzi óók. Niemand zou ooit geloven wat er deze nacht was gebeurd, en als ze het geloofden dan begrepen ze het vast niet. Je kwam geen meisjes tegen, mooie meisjes, van vijftien, die een kind in zich droegen. Maar hij was er wél eentje tegengekomen. Samen met Siem natuurlijk. En met Olivier. Jasper had hen allemaal nodig. Om het na te kunnen vertellen.

En toen zag hij het.

Hij was vlak bij de plaats waar ze alle eekhoorns hadden willen begraven. Twee stappen naar links, meer hoefde hij niet te doen. Hij boog een paar takken weg. Ja hoor, daar hing Miro's dreigbrief nog. En het gele pijltje.

Een donderslag boven zijn hoofd, dat was het, een inslag die in één keer alle twijfelgedachten wegsloeg. Mooi leeg en helder werd het daar, want Jasper wist opeens wat hij moest doen.

Hij trok zijn schouders naar achteren. Hij haalde een meter adem. En weg was hij. Met het pijltje in zijn hand.

Even later was hij al over Oliviers plankjes omhooggeracet. Hij had de twee stukken van de kruisboog meegegraaid, en was weer naar beneden geklommen. Hij had het zomaar kunnen vinden. Met deze nieuwe vastberadenheid in zijn lichaam hoefde hij niet enkel meer te vertrouwen op zijn driekwartogen en zijn wrakkige gevoel voor richting. Er was een binnenmotor bijgekomen, en een binnentomtom.

Al rennend probeerde hij de twee kruisbooghelften in elkaar te legoën, en juist toen hij weer bij de grens met de Zonneduintuin stond klikten ze vast. De spandraad hing er nog los bij, maar het kostte hem maar heel even prutsen, en toen stond die ook strak. Hij voelde even aan zijn achterzak. Daar zat het gele pijltje in. Ondersteboven, de punt stak erbovenuit.

Hij sloop weer.

Hij vertraagde weer.

Nog maar een paar meter, en daar was de schuur. En Miro. En meneer Rudger.

Jasper hurkte achter een struikenrij. Langs blaadjes, onder blaadjes, tussen blaadjes door kon hij zien dat Miro zachtjes tegen meneer Rudger zat te praten. Het leek erop dat hij hem iets uitlegde. Hij bewoog met zijn armen, precies zoals je beweegt als je iemand die jou niet gelooft probeert te overtuigen.

Maar meneer Rudger reageerde niet op Miro, want meneer Rudger was nog steeds bewusteloos.

Wassenstein is echt ver heen, dacht Jasper. Wassenstein is een grote gestoorde gevaarlijke gek. Even wilde hij wegrennen. Om overal vanaf te zijn. Of nee, hij wilde daarbinnen zitten, naast de anderen. Het donderde niet dat het daar naar braaksel rook, of naar wat dan ook. Wacht, beter nog, hij zou van hieruit met Siem en Linzi en Olivier willen praten. Eventjes, met een onzichtbare en onhoorbare mobiel.

Maar hij wist al wat ze zouden zeggen. Schiet op, zouden ze zeggen, doe het dan, doe het dan! Nu!

Jasper kwam langzaam omhoog. Nog steeds kon Miro hem niet zien – het was te ver weg en Jaspers shirt was donker. Jasper schatte in hoe hij moest lopen. Waar hij moest gaan staan. En hoe hij dan moest schieten.

Dat Miro nog steeds tegen meneer Rudger zat te praten, kwam hem goed uit. En dat meneer Rudger nog steeds van de wereld was, kwam hem ook goed uit. Maar nog beter was het dat Miro zijn geweer naast zich neer had gelegd. Misschien kon Jasper zijn voet erop zetten. Misschien kon hij het wegschoppen.

Hij pakte het pijltje uit zijn zak en legde het op de boog. Hij zocht de beste manier om zijn vingers neer te zetten. Hij controleerde of de spandraad goed vast zat. Hij trok hem voorzichtig aan. De pijl schoof mee naar achteren. Ja. Zo moest het.

Hij had écht geen keus.

Geen enkele.

En dus rende hij om de struiken heen, in een strakke boog naar de zijkant van de schuur.

Daarna gebeurde alles tegelijk:

Jasper maakte te veel geluid toen hij uit het gebladerte stoof. Daarom hoorde hij Miro 'wát?' zeggen, 'wát daar?' Nu kon Jasper niet meer om de hoek van de schuur blijven staan. Hij rende dus meteen door naar de voorkant. Hij spande de boog strakker aan en richtte de pijl op Miro's benen, op Miro's buik. Maar dat zag Miro niet, want die graaide naar zijn geweer. Jasper stond niet dicht genoeg bij hem om zijn voet erop te zetten. En dus moest hij schieten, nu, nu!

Ja, dat gebeurde allemaal tegelijk. In een kwartseconde. Maar in de volgende kwartseconde gebeurde er ook nog van alles:

Jaspers vingers trokken het pijltje op het laatste moment scheef. De pijl schoot weg, dat wel. Maar hij maakte een rare baan. En er klonk wel een grauwe brul, maar die kwam niet van Miro. Die kwam van meneer Rudger. Jasper had het pijltje in meneer Rudgers bovenbeen geschoten.

Alles fout, alles fout! Jasper zag het pijltje en hoorde de schreeuw, en bijna viel hij tegen de schuur aan. Wegrennen, weg, weg, zijn hele lichaam wilde vluchten. Maar blijkbaar was Miro zo verrast door wat er gebeurde dat hij afgeleid raakte. Hij liet het geweer uit zijn handen glippen. Hij boog zich naar meneer Rudger. Hij deed zijn handen omhoog, hij pakte meneer Rudger vast. Jasper stond er stijfgeslagen naar te kijken. Miro riep: 'Stil! Wát? Stil!'

En in de kwartseconde dat dit nu weer gebeurde, de kwartseconde ná de kwartseconde waarin Jasper had geblunderd door het pijltje helemaal verkeerd weg te schieten, in die kwartseconde begreep hij opeens dat er misschien nóg een kans was om Miro te overrompelen.

De gek was gek – en de gek was in de war. En dus moest Jasper die verwarring uitbuiten, omkeren, groter maken.

Hij begon te krijsen. Alsof hij zelf acuut waanzinnig was geworden. 'RATATOSKR!' schreeuwde hij. 'RATATOSKR! Dit is zijn wraak! Ratatoskr! De oereekhoorn! Ratatoskr, RATATOSKR!'

Jasper zette zijn engste stem op. Hij werd er zelf bang van, en even verwachtte hij dat de bomen om hen heen nu een voor een zouden splijten, dat er wolken uit de hemel kwamen zetten met regenende klodders zwarte inkt, dat het hout van de deur van het schuurtje verkruimelde en dat er uit zijn urine een monster opstond dat zijn handen om Miro's strottenhoofd zou leggen.

Dat gebeurde allemaal niet.

Maar waarschijnlijk vermoedde Miro Wassenstein de Waanzinnige door Jaspers scheurende gegil opeens dat het wel elk moment kón gebeuren.

Want hij sprong op en rende weg.

Zonder geweer.

Jasper riep hem nog een paar keer 'Ratatoskr!' achterna. Zijn keel was nu ongetwijfeld rauw en bloederig, maar het gaf niet, want Miro was gevlucht. 'Rata,' kuchte hij, zachter nu, 'Rata.' En toen werd het stil.

Vanbinnen klonk er gebonk. 'Jasper!' riepen ze. Siem, Linzi en Olivier.

Maar daardoorheen begon meneer Rudger nu te vloeken. 'Gr gr kolere, klere...'

'Het is een pijltje!' zei Jasper schor. Hij zag hoe meneer Rudger zweette, hoe zijn ogen wegdraaiden.

Jasper bukte zich, dwars door het geroep uit de schuur heen. Hij pakte het pijltje, het lag nu op de grond. Zo diep kon het dus nooit in meneer Rudgers been gedrongen zijn. Er zat geen bloed aan, en er zat ook geen bloed op meneer Rudgers broek. Was het de schrik geweest die hem zo deed brullen? Om de pijl, om Jaspers gegil?

Jasper kon er geen aandacht aan besteden, want de deur moest open.

Hij keek naar het hangslot en zijn hoofdhuid vroor op.

De sleutel was weg! En de poten van het slot zaten stevig dichtgeklikt!

Jasper wist niet meer wat hij moest doen. Vanbinnen klonk gebonk en onder hem hoorde hij het rommelen en grommen van meneer Rudger. Bijna wilde hij opnieuw gaan gillen, over het geluid van al die anderen heen, maar toen zag hij dat meneer Rudger iets probeerde te pakken. Iets onder zijn rug. En hij probeerde ook weg te rollen, verkrampt, kreunend om een pijnscheut of zo. Hij lag ergens bovenop. Hij lag op iets wat blijkbaar gevallen was toen hij in elkaar was gezakt. Iets wat Miro dus niet had gezien.

Jasper dankte alle eekhoorngoden die wel of niet bestonden.

Want daar was de sleutel.

20

Meneer Rudger viel weer achterover. Zijn hoofd bonsde tegen het hout. Jasper had de sleutel weggegrist en stond nu te stuntelen bij het slot.

'Jasper, Jasper!' riepen ze daarbinnen.

'Ja-ha!' zei Jasper, en toen begon hij te hoesten. De sleutel paste nog helemaal niet makkelijk in het gat, en het hangslot bungelde steeds naar achter en opzij.

Eindelijk hoorde hij 'klik'. Een van de boogpoten draaide open. De grendel klapte makkelijk omhoog, en vanbinnen begonnen ze al tegen de deur te duwen.

'Wacht!' riep Jasper. Hij moest eerst meneer Rudger weg zien te rollen.

Die zag er vreselijk uit. Er was nog steeds maar weinig ochtendlicht, maar Jasper kon toch wel zien dat het gezicht van de oude man bleker was dan een ziekenhuislaken.

'Gggrrgg,' deed meneer Rudger, maar na een paar duwtjes krabbelde hij half overeind. Nu was er net genoeg ruimte voor de open schuurdeur.

Linzi en Siem waren als eersten buiten. Linzi had nog steeds haar armen om Siem heen. Achter hen jakkerde Olivier: 'Is het veilig? Wat is er gebeurd? Wat heb je gedaan?'

'Kom maar,' zei Jasper. 'Miro is weg.'

En toen kwam Linzi op hem af. Ze liet Siem met één arm los. Die arm sloeg ze om Jasper heen, het was een korte, onhandige omhelzing.

Siem bewoog intussen opgewonden met zijn armen, maar zodra hij Jaspers T-shirt voelde begon hij er afwisselend aan te trekken en ertegenaan te slaan. 'Ik weet niet wat je gedaan hebt, maar we gaan je Superjasper noemen. Ja, ja, ja! En kunnen we nu naar huis, ik heb zin in drop.'

Zin in drop. Dat was typisch Siem. Maar Olivier stond nog steeds met één hand tegen de buitenmuur geleund. Hij haalde diepe bundels adem. Linzi pakte de jassen uit de schuur, en Siems blindenstok. Ze kwam kokhalzend naar buiten. 'Wat stinkt het!' riep ze. 'Dat we daar in hebben gezeten!'

'Wij stinken ook,' zei Siem. 'Kom op, we gaan.'

'Waarnaartoe?' zei Olivier. 'We kunnen Rudger toch niet laten liggen?'

Nee, dat konden ze niet, Jasper vond het ook. Linzi hurkte naast de nu bijna onhoorbaar kermende oude man. Die lag weer languit op de grond, half voor, half naast de schuur. Met zijn ogen dicht. 'We moeten 1-1-2 bellen,' zei ze. 'Echt snel.'

'Ja maar,' zei Olivier, alweer met een hoge, paniekerige stem, 'straks komt die gek terug! Wassenstein.'

'Nee toch,' zei Jasper. 'Die was doodsbang.'

'Dat wéét je niet!' riep Olivier. 'Straks haalt hij die hele GTS erbij!'

'Kom nou,' zei Siem, 'ik wil weg.'

'Ik blijf hier,' zei Linzi. 'Gaan jullie maar. Iemand moet nú een ambulance bellen.'

'Nee,' zei Jasper, 'jij blijft hier niet alleen. Wat als Olivier gelijk heeft en die Wassenstein terugkomt?'

'Het kán niet anders!' riep Linzi.

Nu wist Jasper het ook even niet meer. Hij keek naar Olivier. Die ging wat rechter staan. 'Ik blijf bij Linzi,' zei hij. 'Misschien kunnen we Rudger wegslepen. Naar Linzi's huisje of zo. We proberen wel wat. We nemen mijn boog mee. En het geweer. Jullie rennen nu naar huis en zorgen dat er hulp komt.'

Jasper dacht even na. Toen knikte hij. 'Ja,' zei hij. 'Oké, we gaan.'

'Weten jullie de weg?'

'Jawel,' zei Jasper.

'Kom dan,' zei Siem. Hij trok aan Jaspers mouw.

'Ja,' zei Jasper. Maar hij bewoog niet, want hij moest nog iets doen. Hij wist echt niet hoe en waarom hij het durfde. Het leek wel of hij anders was geworden. Dapperder, maar ook onnadenkender misschien, maar opeens boog hij zich voorover en gaf Linzi een kus.

Het verraste haar, maar het verraste Jasper zelf ook.

Ze keek naar hem en voelde aan haar wang.

Jasper had zich al omgedraaid. 'Doei,' riep hij tegen Olivier.

Daarna pakte hij Siem vast en zei: 'Rechtdoor hier. Een stuk of tien passen. Lopen maar.'

21

'Wat deed je nou net?' vroeg Siem, zodra ze door het middenbos raasden.

'Niks,' zei Jasper, en daar had Siem genoeg aan.

Maar hij wilde wel weten hoe Jasper geschoten had. En of het raak was.

Jasper hield Siem bij zijn bovenarm vast. Hij gaf korte antwoorden, want hij moest opletten.

'Niet zo knijpen,' zei Siem, en toen begon hij zelf te vertellen. Haastig en hortend, alsof hij koorts zou krijgen als hij niet razendsnel zijn verhaal kwijt kon. 'Heb je gehoord wat Linzi daarbinnen allemaal tegen meneer Rudger zei? Nee? En wat ze uit hem kreeg? Hij is die Miro dus tegengekomen toen hij in de tuin van de villa werkte. Miro waarschuwde hem voor de eekhoorns. Eerst vond Rudger het maar een zielig kereltje, denk ik, maar later begon hij hem te geloven. En in Amerika zijn er sowieso veel meer eekhoorns. Daar zijn ze een plaag, zei hij steeds. En als ze bijten kun je hondsdol worden. Dat wist Rudger nog, want hij komt dus uit Amerika. En Miro hielp meneer Rudger in de bostuin, zomaar, gratis. En toen kwam het verhaal van het Getij Tegen Satan. Eerst had Rudger er niet zo veel mee te maken, maar later wel. En Miro mocht de schuur gebruiken. Samen gingen ze eekhoorns schieten. Om de omgeving te zuiveren, zo zei hij het. Wacht Jas, niet zo snel, ik zit vast hier. Oké, ik ben weer los. En Miro woont dus al maanden in De Marter, in een van die andere huisjes. Omdat hij niet meer normaal kan doen, denk ik. En hij houdt daar wel eens bijeenkomsten. Stiekem natuurlijk. En daar ging Rudger dan ook naartoe. Het was belangrijk werk, zei hij. En dat er krachten in de wereld zijn waar wij niks vanaf weten. Linzi praatte de hele tijd met hem mee, gewoon om meer te weten te komen natuurlijk. En Olivier deed het ook goed. Meneer Rudger vertelde alles, nou ja, hij zat ook te hijgen tussendoor. En af en toe werd hij kwaad en dan ging hij weer bij zijn eigen viezigheid liggen. Woho, wat stonk dat, zeg. Hij stonk trouwens zelf ook. En eindelijk kwam hij weer bij en toen zei hij tegen ons dat Miro doorgedraaid was. Dat hij vanavond een grens over was gegaan, de grens van de waanzin of zo. En dat hij normaal heel anders was. Dan kon je rustig met hem praten. Maar hij had een hele troep eekhoorns geschoten en nu vond hij dat hij het karwei af moest maken. Maar Rudger wilde niet, want hij voelde zich niet lekker. Suikerziekte heeft hij. Een erge vorm. En ook nog wel andere dingen misschien, zijn hart of zo. En toen kregen ze ruzie om het geweer dat Miro niet meer af wilde geven, en toen zaten wij opeens in de schuur. De rest weet je al. Teringkinderen, dat zei Rudger tegen ons, echt waar. Maar hij had niet door dat jij verstopt zat. En toen vertelde Linzi dat ze een baby kreeg en toen werd hij helemaal anders en aardig en...'

Jasper onderbrak zijn broer. 'Stil eens,' zei hij.

Ze waren bijna bij de tuin van oom Geert. Hij had niet alles gevolgd wat Siem vertelde. Hij moest zich concentreren op zijn eigen voeten en op die van zijn broer. En ook op wat ze tegen de politie zouden gaan zeggen. En was Linzi nu wel veilig? Zagen ze haar nog terug?

Het was weer gaan kloppen in Jaspers keel, alarmerend zenuwachtig. Alsof zijn keel wilde waarschuwen dat deze nacht nog niet voorbij was. En voelde hij nu ook weer wind, hh hh?

'Stil eens,' zei hij nog een keer. 'Hoor jij iets?'

Siem praatte meteen niet verder meer. Hij hield zijn hoofd schuin. 'Ik weet niet,' zei hij.

Ze stonden bij het hek. Hun eigen hek, dat met de roestige scharnieren. Jasper legde er zijn hand op. Hij probeerde niet te hijgen. Zijn andere hand liet hij langs de stof van Siems mouw glijden, tot hij de vingers van zijn broer gevonden had. 'Luister nog eens goed,' fluisterde hij, 'ik weet bijna zeker dat ik iets...'

'Ik hoor wel wat,' fluisterde Siem terug. 'En misschien hoor ik ook wel iemand ademen. Maar het kan van alles zijn.'

Jasper trok veel te snel en veel te onhandig het hek open. De twee jongens struikelden erdoorheen en waren blij dat er weer paden waren. Nu konden ze voluit rennen, hard, hard, harder.

Hoe laat was het? Vijf uur in de ochtend? Zes uur? In elk geval sprong Jaspers hart nu bijna van zijn plek van opluchting.

Want oom Geert was al wakker.

In de vlinderkas brandde licht.

Ze stormden naar binnen. Eerst via de schuifdeuren, dan door de dikke plastic lamellen. Die hingen daar als een gordijn, om de vlinders niet te laten ontsnappen.

Opeens stonden ze in het volle licht.

'Owh,' zei Siem. Hij deed zijn handen voor zijn ogen. Ze waren één procent lichtgevoelig, zo hadden de dokters dat gezegd, en van te snelle veranderingen kreeg hij hoofdpijn.

'Jongens!' Dat was oom Geert. Hij kwam aanlopen, hij was bezig geweest bij de poppen, aan de zijkant van de kas. 'Wat doen jullie... Het is hartstikke vroeg... Ik deed toch zachtjes?'

Jasper wilde antwoord geven, maar hij wist niet waar hij moest beginnen. Hij begreep dat oom Geert dacht dat ze uit hun bed gekomen waren. Dat ze hem hadden horen opstaan.

Opeens lachte oom Geert. 'Kom gauw mee,' zei hij. 'Want het is zover.'

Hij draaide zich om. Hij verwachtte dat Siem en Jasper achter hem aan kwamen. Hoezo? Waarom? Jasper kon zo snel niet begrijpen wat er aan de hand was, en dus bleef hij gewoon maar staan, en Siem ook.

Oom Geert keek achterom. 'Kom nou,' zei hij, 'er is er eentje uitgekomen. Een atlasvlinder. Hij is groot! Echt fantastisch. En zijn vleugels zijn al bijna droog.'

'Oh...' zei Jasper.

Hij voelde hoe Siem naast hem stapbewegingen begon te maken. Hij wilde weg, hij wilde vooruit. 'Jas,' riep hij. 'Jás!'

En omdat oom Geert op hen stond te wachten, een paar meter van hen vandaan, tussen de zoete geuren en vol in het harde licht, én omdat Siem hem opeens hard wegtrok, kwam Jasper nu toch van zijn plek.

Een eindje.

Een half kaspad.

En dat was net genoeg.

Want met een klap die recht uit de hel leek te komen kwam nu plotseling een hele rij glazen ruitjes rinkelend, versplinterend naar beneden.

En precies daar waar Jasper, samen met Siem, net nog zijn ongelooflijke verhaal wilde gaan vertellen, stak nu een honkbalknuppel naar binnen.

Met een waanzinnige hand eromheen.

Die van Miro.

22

Miro was ze achternagegaan. Hij dacht dat er maar één jongen was, maar ze hadden zich verdubbeld. Twee identieke dragers van de Duivel! Door de eekhoorns gebeten, besmettelijke kinderen! Hij had ze in het bos horen praten. Dat was goed, zo kon hij ze makkelijk volgen. Hij had zich op het juiste moment stilgehouden. Hij zag ze door een hekje gaan. Hij ging ook door dat hek. Ze liepen een kas in, er was koud en gemeen licht. Hij sloop dichterbij. Achter een rij ruitjes zag hij hun gestalte. Toen golfde opeens de allergrootste razernij van deze nacht over hem heen. En hij sloeg. Nu stond hij daar binnen. Er lag een baai van brokjes glas om hem heen. Hij hoorde gegil. Hij hoorde ook een mannenstem. Maar hij zag niks. Eventjes. Het licht was te sterk. Toen kwam zijn zicht weer terug en meteen wist hij het zeker: hij moest hier niet zijn. Dit was niet veilig voor hem.

Hij kromp ineen. Hij wilde aanvallen, maar hij bevond zich opeens in een heel verkeerde omgeving. Het was hier veel te heet. En het rook dierlijk. Alles waar hij altijd bang voor was geweest, was waar: op een dag zou hij op de proef worden gesteld. Door de Duivel zelf. En nu had hij zich dus mee laten lokken naar de plek die alleen maar Zijn Kerk kon zijn. De Kerk van de Duivel. Zijn Broedplaats. Zijn Nest.

Jasper gilde nog steeds, en Siem ook. En ze stonden allebei ook nog steeds met hun armen boven hun hoofd. De glaslawine had hen nét gemist, al scheelde het niet veel. Er vielen een paar blokjes van hun mouwen en hun schouders. Maar ze waren ongedeerd. Ze waren gered door Siems gevarenzintuig. Niets was er te horen geweest, niets nog te merken, maar

Siem had hen precies op tijd weg van de foute plek getrokken, weg van het foute moment.

Achter hen schreeuwde oom Geert. Hij was bijna bij hen, nee, hij was er al. Hij drong zich tussen hen door en duwde hen met zijn grote armen aan twee kanten naar achteren. Nog meer brokjes rinkelden op de grond. Maar Jasper keek om hem heen. Hij zag hoe ze tegenover elkaar stonden. Hun oom – goed was hij, en groot, en na hun ouders de allereerste die hem en Siem helemaal begreep. En daar, woest en angstaanjagend, Miro Wassenstein. De man die Jasper nu pas echt bekijken kon. Puistjes had hij, scheefgeknipt haar, een heel dunne snor. Hij was lijkbleek. Hij zweette. Maar het was niet van de ziekte, zoals meneer Rudger, dat wist Jasper zeker. Het was van de waanzin.

En hij trilde. Hij hield de honkbalknuppel recht voor zich uit en hij trilde.

Miro wist het niet meer. Waarom was hij hier? Hij was te zwak. Hij had te weinig offers gebracht. Hij had de verkeerde mensen betrokken bij zijn strijd tegen Satan. Hij had niet genoeg gedaan. Hij was de ware weg kwijtgeraakt. Niet altijd, maar te vaak. En dit was nu zijn straf. Dat hij hier stond na een volle, verwarrende nacht. Een nacht waarin hij eindelijk zijn rechterswerk had kunnen doen, omdat hij eindelijk naar echte dragers was geleid. Maar nu stond hij hier en hij wist niet meer hoe het verder moest.

Jasper keek naar oom Geert. Die aarzelde. Die bewoog met zijn elleboog. Die schoof met zijn voet. Maar Jasper greep zijn arm en trok hem nu langzaam naar achteren.

Miro krijgt straf! Miro krijgt straf! Dat zinnetje hoorde Miro Wassenstein de Waanzinnige opgalmen in zijn hete hersens. Miro krijgt straf, want Miro heeft alles verkeerd gedaan. En het was waar. Hij kreeg straf. Oh, oh, oh, daar was de straf al! De straf was een dier. Natuurlijk. Satan gaf hem, Miro, een Satansteken in de vorm van een vliegend dier. Een veel te groot en onbestaand dier. Een signaal uit een andere wereld. Ja, nu was het afgelopen. Want daar was hij dan, Miro's straf.

Net toen oom Geert zijn arm los wilde maken om de honkbalknuppel vast te pakken die de verwarde, zieke indringer langzaam liet zakken, net toen hij hem wilde overmeesteren, hem omver wilde duwen en tegen de grond gedrukt houden, net op dat moment gebeurde het.

Jasper zag het. En zonder twijfel hoorde, rook, voelde, wist Siem het ook.

De atlasvlinder kwam aangevlogen.

Oranjerood was hij, een vossenkleur.

Hij had doorzichtige stippen op zijn vleugels en veertjes op zijn kop.

De vlinder straalde. Dit was de eerste vlucht van zijn korte leven. Over drie of vier dagen zou hij alweer sterven, want atlasvlinders zijn alleen gemaakt om eitjes achter te laten, verder niks. Om er te zijn. Om er te zijn geweest. Atlasvlinders kunnen niet eten, ze hebben geen mond. Ze hebben geen darmen. Ze zijn een extraatje van God. Een teken van hoe mooi de wereld bij elkaar verzonnen is.

De atlasvlinder wapperde over Jaspers hoofd en maakte een onhandige cirkelbeweging in de ruimte tussen oom Geert en Miro.

Daarna wiekte hij weer weg, naar achteren, verder de kas in.

Maar hij had zijn werk gedaan. Miro liet de honkbalknuppel vallen en zakte op de grond. Verslagen. Overwonnen. Voorover, met zijn knieën in het glas.

23

108 Ze zaten aan de keukentafel met de dikke nerven. Siem voelde zoals altijd met zijn vingers over het ongelijke hout. De laatste politieagenten waren vertrokken en Miro was al veel eerder afgevoerd. Jasper en Siem aten dikke plakken ontbijtkoek en dronken dikke chocolademelk. Maar Linzi was er nu ook. En Olivier. Met zijn vader naast hem, die de hele tijd zijn arm op de schouders van zijn zoon wilde leggen. Olivier stond het steeds niet langer dan een minuutje toe. Ze waren allemaal doodmoe. Maar Jasper kon nog niet gaan slapen. Hij wilde nog een keer horen hoe het gegaan was.

Oom Geert beschreef dus hoe ziek Miro was geweest, hoe uitgeput. Hij lag op de grond van de kas en hij bad. 'Spaar mij, spaar mij.'

Het eerste wat oom Geert deed was hem zijn honkbalknuppel afpakken. Daarna draaide hij Miro's armen naar achteren, om hem vast te kunnen houden.

'En toen ging je met je knieën op zijn spierballen zitten,' zei Jasper.

'Ja,' zei Siem, 'en je vloekte de hele tijd.'

'Niet,' zei oom Geert, 'dat viel wel mee.'

'Wel,' zei Siem, 'moet ik zeggen wat je zei? Je zei...'

'Laat maar, laat maar!'

Oom Geert lachte. Maar eigenlijk was er weinig te lachen.

De kas was bijvoorbeeld flink vernield. Toen oom Geert op de grond zat, op Miro, riep hij dat Jasper plastic moest halen, en een kleed. Jasper rende weg en even later hadden oom

Geert en hij de grootste moeite om het gat in de kasramen dicht te maken. Oom Geert commandeerde en Jasper vloog heen en weer. Ze hadden haast. Want niet alleen konden de vlinders nu ontsnappen, maar ook zou de temperatuur in de kas gevaarlijk dalen. Het was vroeg in de ochtend, en dus nog lang niet zo warm.

Siem had erbij gestaan, handenwrijvend. Totdat Miro zachtjes was gaan janken. Toen hield Siem het niet meer. Opeens schreeuwde hij een oneindige rij scheldwoorden over de eekhoorndoder heen. En ze waren veel schunniger en naarder dan alles wat zijn oom had gezegd.

'Ik wist niet dat jij zo veel straattaal kende,' zei oom Geert, nu, later.

'Dat wist ik zelf ook niet,' zei Siem. 'Het kwam er gewoon uit.'

Oom Geert had Miro overeind gesjord. De dunne Miro was geen partij voor hem. Misschien was Miro toch niet alleen maar geestelijk ziek, maar ook lichamelijk? Hij zei nu niets meer. Hij liet zich langs de lamellen leiden, door de schuifdeur, door de tuin, door de bijkeukendeur. Zijn bovenlichaam hing half over oom Geerts arm. Hij strompelde zo'n beetje mee. Zijn slappe armen zaten klem achter zijn rug.

Jasper en Siem liepen erachteraan. Ze moesten moeite doen om niet te gaan schoppen.

In de bijkeuken lag een springtouw. Dat hoorde bij de fitnessspullen van tante Muriël. Oom Geert duwde Miro op een stoel en bond hem vast. Net als in de film. Maar eigenlijk was dat allemaal niet nodig. Miro bood geen enkele tegenstand. Hij leek wel weggesijpeld uit zijn eigen lichaam. Een leeggelopen zielenpoot, dat was het.

Jasper haalde de telefoon. Terwijl oom Geert 1-1-2 belde was Jasper de laatste stukjes glas uit Siems haar gaan peuteren. In de gang, bij de wc. Want Siem moest plassen, en hijzelf ook, en daarna wilden ze niet meer naar binnen. Ze hoefden Miro niet meer te zien.

Oom Geert riep dat ze tante Muriël moesten halen. Dat was al niet meer nodig, ze kwam op het lawaai af. Ze had haar pyjama nog aan en haar haren piekten alle kanten op. 'Wat is er?' riep ze. 'Wat gebeurt hier?'

'Nou,' had Siem gezegd, 'we hebben vannacht een beetje Harry Potter meegemaakt.'

De politie was snel gekomen. Oom Geert zei dat de agenten doortastend waren, en professioneel. Miro was met handboeien afgevoerd.

'Shit!' zei Siem toen hij dat hoorde. 'Waarom hebben wij dat niet gezien?'

Omdat ze naar Linzi en Olivier waren. Tante Muriël had zich razendsnel aangekleed, en in haar donkerblauwe Ford Ka waren ze naar Huize Zonneduin gescheurd.

Daar was de ambulance net weg. Mevrouw List, de directrice van Zonneduin, had alles geregeld. Haar man was met meneer Rudger meegegaan in de ziekenwagen, ook al zei meneer Rudger dat hij allang weer was opgeknapt. Olivier en Linzi hadden niet met hem hoeven slepen. Hij was tussen hen in naar de villa gestrompeld.

'Onzin,' riep meneer Rudger dus nog steeds, toen de ziekenbroeders binnenkwamen. 'Ik heb alleen wat medicijnen nodig.' Maar toen begon hij toch weer te wankelen, en toen haalden ze een brancard.

Toen Siem en Jasper binnenkwamen zaten Linzi en Olivier in de serre. Dat was de halfglazen privékamer van mevrouw List zelf. Ze hadden dekens om zich heen, ook al was het heus niet koud. Oliviers vader was er al. Marla, Linzi's zus, konden ze niet bereiken. Die lag natuurlijk nog naast haar matroos, en haar mobiel stond uit. Maar Linzi's ouders waren wel onderweg. Die moesten van ver komen, zeker twee uur weg. Jasper voelde zich raar in deze chique ruimte. Ze hadden net een angstig avontuur meegemaakt, en voor de afloop ervan moesten ze hier niet zijn. En dus vroeg hij: 'Zullen we naar ons huis gaan? Naar dat van oom Geert en tante Muriël, bedoel ik?'

Toen ze aankwamen waren er nog een paar agenten. Die wilden met hen praten. 'Moet dat nu echt?' vroeg tante Muriël. 'De kinderen zijn doodmoe. Ze hebben vreselijke dingen meegemaakt. En ze willen vooral nog even bij elkaar zijn.'

'We houden het zo kort mogelijk, mevrouw. Later kan het wat uitgebreider, maar we moeten echt de eerste gegevens hebben.'

En dus hadden Olivier en Linzi elk apart een gesprek gehad, en Siem en Jasper samen. De politieagenten, een man en een vrouw, waren aardig, ze luisterden goed, en Jasper dacht: zou je ook bij de politie mogen als je maar driekwart kunt zien?

Hij vroeg het natuurlijk niet, dat was kinderachtig. Hij vond het al suf van zichzelf dat hij de hele tijd moest gapen. Gelukkig deed Siem dat ook.

Ze gaven netjes antwoord, ze vertelden alles.

Nou ja, bijna alles. Dat Linzi een baby kreeg hielden ze geheim.

'Dank jullie wel,' zeiden de agenten toen ze vertrokken. 'Jullie zijn echt ongelooflijk dapper geweest. Allemaal.'

En nu was de warme chocolademelk gemeen. Hij zorgde ervoor dat ze het alle vier echt niet meer uithielden. Olivier zakte tegen zijn vader aan. Jasper gaapte nog wijder en nog vaker dan daarstraks, en Siem deed zijn ogen al dicht. Ze luisterden nog maar half naar het verhaal van oom Geert, en dus knikte Jasper meteen toen Linzi zei: 'Misschien is het beter als ik...'

'Och meisje!' zei tante Muriël. Ze sprong op. 'Natuurlijk ga je terug. Je moet even gaan liggen. Straks komen je ouders en die willen natuurlijk ook alles weten. Ik breng je, en de jongens gaan ook slapen. En dan komen jullie vanavond terug, en dan kook ik iets lekkers voor iedereen. Dus ook voor jouw ouders, en voor Emiel en zijn dappere zoon Olivier. Kunnen we het meteen hebben over dat wegsluipen van jullie. Verboden terrein was het, verdikkeme...'

Terwijl ze dat zei, legde ze haar handen op Jasper en Siems schouders.

'Woehaa,' zei Siem, tijdens een enorme gaap. 'En wat voor eten maak je dan?'

Jasper en Siem hadden nog net genoeg puf om afscheid van de anderen te nemen. Ze liepen mee naar de voordeur.

Eerst omhelsden ze Olivier. 'Hé,' zei Jasper, 'wij hebben nog oude lego.'

'O,' zei Olivier, 'en ik heb nog een paar bouwplannen.'

'Oké,' zei Jasper, 'we slepen het allemaal wel naar die boomhut van jou. Morgen of zo.'

'Geen wapens meer,' zei oom Geert tussendoor.

'Is goed,' zei Olivier, 'is goed.'

En toen stonden ze met z'n drieën tegenover Linzi.

Die keek eerst naar Olivier. 'Dank je wel,' zei ze. 'Echt dank je wel.' Ze kuste hem op zijn wang. Olivier knikte. En hij mompelde iets onverstaanbaars.

Daarna slingerde ze allebei haar armen om Siem. 'Siemieie!' riep ze. Ze drukte hem bijna plat.

'Linzieie!' riep hij, gesmoord in haar shirt, terug.

Haar zoenen smakten. Eén keer, twee keer.

'Doe er nog maar één,' zei Siem, en toen kreeg hij er nog een.

Ten slotte kwam ze bij Jasper. Eerst pakte ze alleen zijn handen vast. Haar vingers voelden sterk aan, maar tegelijk ook zacht.

Jasper keek naar haar gezicht. Naar de zwarte haren. Naar haar donkere ogen. Naar de zachte huid om haar neus.

Ze keek terug.

En toen verbijsterde Jasper zichzelf, want hij durfde nog steeds te blijven kijken. Gewoon, recht, ogen tegenover ogen.

Linzi glimlachte en hij glimlachte ook. Daarna trok ze hem tegen zich aan. Ze kuste hem en fluisterde: 'Jasper... jij... hebt ons gered...'

Ze legde extra nadruk op het woord *ons*, en Jasper wist precies wie ze daarmee bedoelde.

Maar hè verdorie, nu sloegen zijn wangen natuurlijk wél weer uit. Rood waren ze, onhoudbaar rood. Bloosrood. Lamprood. Atlasvlinderrood.

Nee!

Eekhoornrood.

En verder?

Verder sliep Jasper die dag tot zeker half vier. Toen maakte Siem hem wakker door boven op zijn dekbed te springen en uit te roepen: 'Hé! Nou hebben we nog steeds geen drop gehad!'

Toen ze beneden kwamen zaten er al nieuwe ruiten in de vlinderkas. De glasblokjes waren opgeruimd en de atlasvlinder zat zijn best te doen om ongelooflijk mooi te zijn.

Tante Muriël had hun ouders gebeld. Die schrokken zo erg dat ze de volgende avond alweer op Schiphol landden.

Siem en Jasper vonden het belachelijk dat hun ouders terugkwamen. Ze hadden hun reis toch gewoon af kunnen maken? Er was toch niks meer aan de hand?

Maar toen ze door de glazen aankomstdeuren van het vliegveld kwamen lopen, had Jasper toch opeens het gevoel dat ze heel lang weg waren geweest.

Nog twee keer moesten Siem en Jasper naar het politiebureau komen. Weer vertelden ze het hele verhaal. Het duurde lang, en de rechercheurs hadden steeds maar nieuwe vragen.

Ze hoorden dat Miro niet lang vast had gezeten, omdat hij al snel in een psychiatrische kliniek was opgenomen.

Daar moest hij zijn proces en zijn veroordeling afwachten. Die zou niet mild zijn, zei iedereen: ongeoorloofd jagen, vrijheidsberoving, bedreiging. Dat hij vrijwillig naar een inrichting was gegaan en dat hij zei dat hij niets meer met de GTS te maken wilde hebben, zou de straf misschien een beetje lichter maken. Een beetje. Niet veel.

Het verhaal van de nachtelijke gijzeling kwam in alle kranten. De journalisten mochten van oom Geert niet met Jasper en Siem praten, en hun namen werden nergens vermeld. Ook toen hun ouders terug waren, mochten ze nog steeds niet geïnterviewd worden.

Soms vond Jasper dat jammer, want een beetje beroemd wilde hij best zijn.

Maar hun vader en moeder zeiden dat het hele avontuur dan nog veel groter zou worden. Oncontroleerbaar veel groter. En nee, ook op school moesten ze het maar niet vertellen.

'Anders worden jullie die jongens van de gijzeling,' zei oom Geert. 'En niet meer gewoon Siem en Jasper. Misschien wordt het toch wel bekend, misschien is dat niet tegen te houden. Maar geloof me, voorlopig is het beter zo.'

'Hm,' zeiden Siem en Jasper eerst, 'hm.'

Maar toen dacht Jasper aan Linzi en aan haar geheim, en toen was hij het er eigenlijk wel mee eens.

Nou ja, ze konden er natuurlijk wel met Olivier over praten!

Die leerden ze eindelijk een beetje kennen. In de gijzelingsnacht was hij dapper geweest, ja, maar ook wel vreemd, vond Jasper. Misschien had dat met die eenzame boomhut te maken? Of met zijn vreemde hobbies? Misschien kwam het doordat hij niet zo veel andere kinderen kende. Niet zoveel als Siem en Jasper in elk geval. En hij zat ook op zo'n aparte school. Een Montessori-gymnasium, ver in de stad.

Maar nu ze vaker bij hem waren, ontdekten Siem en Jasper dat Olivier vooral grappig was. Hij kende eindeloos veel moppen. Die vertelde hij als hij zich op z'n gemak voelde. En hij wilde leren goalballen.

Een paar keer speurden hij en Jasper met de verrekijker naar eekhoorns.

Die waren er nog, die waren echt niet allemaal dood! Ze

sprongen rond alsof hun vrienden en familieleden nooit waren vermoord. Jasper vertelde aan Siem wat hij zag. 'Suffe dieren,' zei Siem.

'Hé,' zei Jasper. 'Pas op wat je zegt. Straks bijten ze.'

Siem en Jasper spraken zeker twee keer in de week met Olivier af. Jasper dacht wel eens: kon je nu zeggen dat ze vrienden waren geworden? Ja, dacht hij dan, dat kon je eigenlijk best zeggen.

Jasper en Siem moesten bij een paar lange gesprekken zijn. Eerst met oom Geert en tante Muriël. Daarna met hun ouders. Over waarom hekjes die dichtzaten dicht moesten blijven. Over het verschil tussen avontuur en gevaar. Over zieke gedachten en over de duivel die niet bestond.

'Maar Ratatoskr wel,' zei Jasper. 'Ik heb het gegoogeld.'

Hun vader was meteen gaan kijken. 'Ja zeg,' zei hij, 'het was een sprookjesfiguur. In oude verhalen.'

En toen kregen ze nóg een hele toespraak. Over echt en niet echt. Over verzinsels en verhalen.

Eén ding vonden Jasper en Siem wel gek: pas in december vroeg tante Muriël hoe het ze in de zomer gelukt was om uit hun kamer te ontsnappen.

In december pas! Dat was vier maanden later!

Oom Geert vertelde dat hij een televisieprogramma over het Getij Tegen Satan had gezien. Daar hoorde hij ook dat de internationale GTS, de *Tide Against Satan*, nog altijd gewoon bestond. En dat er dus heel wat mensen dachten dat eekhoorns dragers van het kwaad waren. Er stonden zelfs overhoopschietfilmpjes op internet. Maar die mochten Jasper en Siem niet bekijken.

Jasper wilde het niet, maar het gebeurde toch: hij kreeg

nachtmerries. Minstens een keer per week droomde hij dat hij onder schot gehouden werd. Of dat Siem onder schot gehouden werd. Of dat Linzi-

Nee, hij wilde het niet, maar hij werd toch elke keer weer bijna stikkend wakker.

En dan haalde hij maar warme melk voor zichzelf. Of hij keek een tijdje naar zijn broer.

Pas toen hun moeder dat merkte en er vaak en veel met Jasper over praatte, werden de nare dromen minder. Maar helemáál weg gingen ze niet.

Het stomme was dat Siem nergens last van had. Nou ja, dat was fijn natuurlijk, dacht Jasper. Maar waarom zat hij dan zelf wel zo gevoelig in elkaar?

De atlasvlinder stierf na drie dagen. Maar er kropen er nog een paar uit hun cocons, al waren die allemaal kleiner dan de vlinder die het leven van Siem en Jasper had gered.

Die werd trouwens na zijn dood door oom Geert geprepareerd.

Toen Siem en Jasper na een middag zwemmen terug op hun logeerkamer kwamen hing hij daar. Stralend rood, stralend oranje.

Meneer Rudger werd in het ziekenhuis verhoord. Een vriendin van Jasper en Siems moeder werkte daar, dus ze bleven precies op de hoogte. Meneer Rudger moest er een paar dagen blijven. Dat wilde hij natuurlijk niet. Maar hij had er niets over te vertellen, want zijn zuster, die nog ouder was dan hijzelf, kwam elke dag op bezoek, en deed net zo bazig als ze haar hele leven al had gedaan.

Suikerziekte, gecombineerd met hartproblemen, dat had zijn ziekelijke toestand van die nacht veroorzaakt. En onregelmatig medicijngebruik.

'Dat gaan we dus veranderen,' zei meneer Rudgers zus.

De verpleegsters en verplegers lachten stiekem als ze haar weer eens tegen haar broer tekeer hoorden gaan. Ze mopperde dat hij een dom lam was geweest door die misdadiger te vertrouwen. Dat hij een stomme ezel was geweest door zijn geweer uit te lenen. Door met diezelfde misdadiger 's avonds laat op eekhoorns te gaan jagen. En vooral, kijfte ze, was hij een oud rund geweest toen hij die arme kinderen niet meteen had bevrijd.

De verpleegsters en verplegers hoorden hem als antwoord alleen maar een beetje murmelen.

Toen hij uit het ziekenhuis kwam mocht meneer Rudger geen tuinman meer zijn.

Meneer en mevrouw List waren geschokt door alles wat zich in het Zonneduinbos had afgespeeld. Ze vonden dat hij nu maar met pensioen moest gaan. Bovendien was het nog niet duidelijk of meneer Rudger ook werd vervolgd.

In elk geval werd het schuurtje afgebroken. Helemaal.

Na een paar weken kregen Siem en Jasper een brief. Meneer Rudger verontschuldigde zich in lange zinnen. Siem en Jasper lazen het samen met hun ouders en hun oom en tante.

Jasper vond dat ze terug moesten schrijven, maar ze deden het niet. Ze vergaten het gewoon steeds. Het was ook alweer een tijd geleden. School was weer begonnen, en de nieuwe goalbalcompetitie ook. Ze hadden nu een officieel team. Samen met oom Geert en hun vader, die, net zoals Jasper, natuurlijk met zwarte blinderingsbrillen moesten spelen.

Linzi hadden ze allemaal, na dat etentje bij tante Muriël, niet meer gezien.

Ze logeerde niet meer in De Egel. Haar ouders hadden haar naar huis gehaald.

Heel af en toe belde ze op, maar dan vroeg ze vooral van alles over Siem en Jasper – zelf vertelde ze niet veel. Haar ouders luisterden misschien mee, of anders haar zus.

Die had flink op haar kop gekregen, dat hadden Jasper en Siem wel begrepen.

Maar dat Linzi Fabian weer mocht ontmoeten, begrepen ze ook. Ze noemde zijn naam in bijna elke tweede zin.

Jasper vond het wel jammer dat hij Linzi nooit meer zag. Ze veranderde langzaam in een meisje uit een avontuur. Een meisje van twee dagen en een ongeloofwaardige nacht. Een meisje dat je normaal gesproken niet tegenkwam. Dat je alleen maar bedenken kon.

Maar Siem had het nog wel eens over hoe het was toen hij in haar armen zat, daar in dat schuurtje.

En Jasper? Die voelde soms haar lippen nog op zijn wangen. Ze kwamen meestal onverwacht, die herinneringskussen. Als hij bij gym op zijn beurt zat te wachten. Of soms, in de taxi van het groepsvervoer.

En een enkele keer voelde hij ze 's avonds in bed.

Luchtlippen waren het, windlippen.

Hh, hh, hh deden ze.

Hh, hh, hh, zacht en fijn.

En altijd hadden ze haar geheim bewaard. Ze hadden er niet met oom Geert over gepraat. Niet met tante Muriël. Ook niet met hun eigen vader en moeder. Alleen met Olivier, af en toe.

Nee, nooit hadden ze haar verraden.

Tot de dag dat ze niet meer stil hoefden te zijn. De dag dat er post kwam. Een prachtig kaartje was het, met een prachtige tekst.

Hij is er en hij blijft. De Heer heeft hem aan mij toevertrouwd.
Mijn lieve zoontje is mooi en gezond.
En dit is hoe ik hem noem:
Jasper Sijmen Olivier.

Lydia Rood & Niels Rood
Voorgoed verdwenen?

*Tije haalde diep adem en liet zich in het donkere water zakken tot
op de bodem. Bodem? Onder zijn voeten voelde hij iets zachts.
Iets wat meegaf, maar toch veerkrachtig was.*

Tije en zijn vrienden zijn goed in het bouwen van dammetjes.
Zo goed, dat ze het water uit de beek kunnen laten stromen
waarheen zij willen. In een bouwput bijvoorbeeld.
De volgende dag vinden ze een lichaam op de bodem van
hun zelf aangelegde zwembad. Is de man verdronken?
Dan is het hun schuld!
Tije en zijn vrienden willen het lijk het liefst vergeten.
Maar er verschijnen brieven, in codetaal.
Dreigementen worden waarheid.
Een vreselijk geheim komt uit… of ze willen of niet.

ET BETREDEN POLITIE   NIET BETREDEN POLITIE   NIET BETREDEN POLITIE   NIET BETREDEN POLITIE   NIET BETREDEN POLITIE   NIET BETREDEN POLITIE   NIET BETREDEN POLITI

Ga naar jeugdthriller.nl
* Lees de eerste hoofdstukken online
* Schrijf je in voor de nieuwsmail